LE PETIT JEU

Ashworth

LE PETIT JEU

ERNIE ELS

avec la collaboration de STEVE NEWELL

Photographies :

DAVE CANNON

Hermé

The Complete Short Game
By Ernie Els

Composition du texte français :
Compo-Méca.

Traduit de l'anglais par Emmanuel Gédouin.

Connectez-vous sur www.lamartiniere.fr

ISBN : 2-86665-296-7

Achevé d'imprimé en août 2003 sur les presses de Printing Express (Hong Kong)

SOMMAIRE

INTRODUCTION

Bien que les pros qui jouent le circuit envoient leur balle à des distances phénoménales, que ce soit du départ ou avec leurs fers, la différence la plus importante entre la plupart des amateurs et des professionnels ne se situe pas là, mais au niveau du petit jeu. En fait, plus la balle est proche du green, plus la différence qui sépare ceux qui jouent au golf pour se détendre de ceux qui en vivent est énorme.

Ce constat surprend beaucoup de joueurs. Ils observent les golfeurs comme moi (et je suis certainement un bon exemple en tant que « gros » frappeur) et pensent que la puissance est l'élément déterminant de mes scores. C'est précisément sur ce point qu'ils ont tort. Bien sûr, un jeu long, solide et précis est essentiel. Et je reconnais que réussir de très longs drives peut aider à scorer. Mais c'est autour du green que la carte se joue. Je peux jouer 70 un jour et 66 le lendemain, mais c'est la qualité de mon jeu à moins de 90 mètres du green qui fait la différence. Vous pouvez me faire confiance.

Le golfeur du dimanche n'aime pas le petit jeu. C'est vraiment dommage, parce que n'importe qui peut acquérir un solide petit jeu. J'entends par là qu'il n'existe aucune restriction physique. N'importe qui peut réussir une approche courte, n'importe qui peut putter ou sortir d'un bunker. Vous n'avez pas besoin de muscles, de souplesse ou de jeunesse. Vous n'avez même pas besoin de nerfs d'acier (enfin pas tout le temps !).

Tout dépend de la façon dont vous assimilez les différentes techniques (pour tout vous dire, dans la plupart des cas, elles ne sont pas si compliquées) et de votre assiduité à leur pratique. Je sais que vous ne disposez pas du même temps d'entraînement que moi, mais vous seriez stupéfaits de voir les effets qu'une heure de petit jeu par semaine peut avoir sur votre score. Vraiment stupéfaits ! En moins de deux mois, je considère qu'un golfeur moyen classique peut ôter 2 à 3 points minimums à sa carte de score. Ça vaut la peine de s'exercer un peu ...

Dans les pages suivantes, nous allons passer en revue tous les coups dont vous avez besoin à moins de 90 mètres du green pour construire un petit jeu à toutes épreuves, un petit jeu sans réel point faible, sans une faille qui vous rattraperait au 18e trou d'une compétition.

Une heure ou deux par semaine seront suffisantes pour affûter votre petit jeu comme jamais auparavant.

Ernie Els

L'APPROCHE LONGUE

« Si vous manquez beaucoup de greens avec vos petits fers que ce soit à cause d'une mauvaise technique ou à cause d'un manque de confiance, ou bien les deux à la fois, le résultat est le même : vous êtes confrontés à de grosses difficultés. Vous ne récolterez aucun birdie. Pire encore, il vous faudra batailler ferme pour accrocher des pars et des bogeys pendant toute la partie, et c'est très éprouvant ! »

LES APPROCHES LONGUES, OU PITCHES, sont une partie du jeu où les difficultés rencontrées par l'amateur classique tiennent autant à son attitude qu'à sa technique. Tout dépend de ce que l'on attend de son coup. Où que je sois à moins de 90 mètres du drapeau avec un lie correct, je vais raisonner approche-putt. En fait, je ne vais pas seulement penser approche-putt, je vais m'attendre à faire approche-putt.

La plupart des amateurs ne raisonnent pas ainsi. Envoyer la balle n'importe où sur le green constitue souvent une fin en soi. Je pense que c'est une des causes de leur problème. Si leur ambition est médiocre, le résultat risque de l'être tout autant.

C'est facile à dire pour moi, mais des ambitions élevées doivent reposer sur de solides bases techniques. Et ce n'est pas ce que j'observe le plus dans les clubs. Je pense que l'approche longue et sa technique sont assez mal comprises. D'où une mauvaise préparation et 99 fois sur 100, vous n'obtiendrez qu'un mauvais résultat.

Les problèmes de pitching sont cependant faciles à résoudre. Si vous pouvez retenir quelques-uns de ces conseils, tout le reste se mettra en place naturellement. Et quand votre technique aura atteint le niveau souhaité, votre mental suivra. Alors travaillez avec moi sur ce chapitre consacré aux pitches et bientôt vous ne vous contenterez plus uniquement de viser le green, mais votre objectif sera bel et bien de rentrer la balle en deux coups. Comme les pros !

Visualiser pour mieux réaliser

Visualiser un bon coup est la première étape pour l'exécution d'un bon coup. Je suis persuadé que vous faites l'impasse sur cette phase de préparation. Votre jeu en souffre !

Prenez le temps de bien visualiser le coup que vous devez jouer. Déterminez d'abord quelle trajectoire est la plus adaptée aux conditions de jeu. Le vent, sa force et sa direction sont bien sûr à prendre en compte. Mais il y a d'autres facteurs. Par exemple, si le drapeau est placé en fond de green, une balle très haute ne constitue sans doute pas la meilleure option. Vous avez bien plus de chances de vous approcher du drapeau en jouant une balle plus tendue, qui roulera un petit peu plus en tombant sur le green. Choisissez donc un club en conséquence, un 3/4 de fer 9 est certainement une meilleure option qu'un plein pitching wedge.

Il est également essentiel de considérer l'option la plus sûre. Si la position du drapeau est plus ou moins vicieuse, pensez d'abord à ne pas manquer le green. Par exemple, si je regarde un drapeau placé juste à côté d'un bunker complètement à droite du green, je fais doublement attention de ne pas laisser la balle glisser vers la droite. Si c'était le cas, j'aurais beaucoup de mal à sauver le par.

La prochaine fois que vous regarderez un tournoi professionnel, observez comment les pros s'astreignent à une routine de visualisation du coup avant de se mettre définitivement à l'adresse.

Les coups perdus ici ou là peuvent me coûter cher. Donc je m'assure le côté gauche, en d'autres termes la partie dégagée du green.

Les erreurs de jugement ne vous coûteront pas beaucoup d'argent, voire pas du tout, mais elles vous porteront préjudice tout autant. La petite routine de préparation est là pour vous aider à les éviter. Visualiser vos coups avant de vous mettre à l'adresse rendra vos décisions plus justes. Cela libérera votre esprit d'éventuels doutes ou autres pensées parasites. Une fois à l'adresse, vous pourrez vous concentrer à 100 % sur l'exécution de votre coup.

Cela ne signifie pas pour autant que vous devez ralentir le jeu. Vous apprendrez à visualiser votre coup tout en vous approchant de la balle. Une fois à côté d'elle, quelques secondes seulement vous suffiront pour choisir la meilleure option.

L'approche classique

SOIGNEZ VOTRE PRÉPARATION...

« Il faut ouvrir son stance à l'approche ». Voilà une des idées reçues les plus répandues qui est complètement fausse. En réalité, si vous adoptez un stance ouvert, l'action des mains sera inévitablement renforcée et le mouvement du corps pendant le swing sera insuffisant (le genre de déséquilibre susceptible de vous mettre en difficulté).

Vous pouvez très légèrement ouvrir vos pieds, mais c'est tout. Vos épaules et tout le haut de votre corps doivent être parallèles à votre alignement. C'est une position difficile, donc dès que vous en avez la possibilité, demandez à un de vos amis de vérifier l'alignement de votre corps pour vous. Cela devrait vous permettre de ne pas prendre de mauvaises habitudes.

Une posture correcte est bien évidemment tout aussi essentielle que les autres éléments d'une bonne préparation. Les angles créés à l'adresse auront une influence sur l'allure du swing. Assurez-vous donc qu'ils sont corrects.

Mon épaule droite est juste au-dessus de l'extérieur de mon genou droit, ce qui confirme que je me tiens à une distance correcte de la balle.

Sentez que vous vous penchez depuis les hanches (faites ressortir vos fesses) et fléchissez les genoux un petit peu, pas trop cependant sinon votre poids aura tendance à se déporter vers les talons. Il faut au contraire que vous sentiez le poids de votre corps sur la plante des pieds.

Enfin, en fonction de votre posture, vérifiez que votre balle se trouve à trois largeurs de balles à l'intérieur de votre talon gauche. C'est largement suffisant pour favoriser un angle d'attaque bien « tranchant » à la descente et un contact balle-terre. Mais ne mettez pas la balle trop en retrait, car la descente serait alors trop verticale. Suivez bien ce conseil, il est très important.

UN CONTRÔLE RAPIDE DE LA POSTURE

Si vous avez une posture correcte, votre épaule droite doit se trouver au-dessus d'une ligne reliant l'extérieur de la pointe de votre genou droit et vos doigts de pied droit. Votre colonne vertébrale doit demeurer quasiment droite et vous devez bien fléchir vos genoux. Pour parvenir à ce résultat, entraînez-vous à ce petit exercice rapide et facile pendant une séance de practice.

Tenez-vous droit en maintenant le shaft du club contre le haut de vos cuisses, à la manière d'un haltérophile (à gauche). Maintenant, penchez-vous très doucement depuis la taille en faisant un petit peu ressortir les fesses, tout en fléchissant les genoux. En même temps, appuyez le shaft du club sur le haut de vos cuisses, presque comme si vous poussiez le shaft vers le bas. Vous devez éprouver la résistance créée par les muscles de vos jambes. Là, vous êtes en position. Reprenez le club normalement et sans rien changer, sauf peut-être un petit relâchement, mettez-vous en position de jeu (à droite).

Si vous vous mettiez à l'adresse devant un miroir, prêt à frapper la balle, vous remarqueriez en jetant un petit coup d'œil qu'une ligne verticale imaginaire part de votre épaule et rejoint vos doigts de pieds. Un petit écart, que ce soit d'un côté ou de l'autre, est cependant acceptable.

À la montée, gardez un bassin ferme et maintenez la flexion de vos genoux afin de renforcer la résistance de votre swing.

... ET RÉCOLTEZ-EN LES FRUITS.

Beaucoup de golfeurs ne sont pas conscients qu'une bonne préparation produit un bon swing. Alors félicitations à ceux d'entre vous qui avez pris le temps de lire la page précédente. Vous êtes déjà en route vers le progrès. Et ce n'est que le début !

Une bonne position à l'adresse favorise un bon swing. Mais il faut encore que je vous éclaire sur les facteurs d'un pitch réussi. La meilleure représentation d'une approche longue réussie est sans doute un mélange d'action des bras et de rotation du corps.

À la montée, je sens le bas de mon corps assez solide, tout en maintenant la flexion de mes genoux, et tout en empêchant mes hanches de trop tourner. Cela me permet de tendre le haut de mon corps de façon plus efficace, créant ainsi la résistance qui va m'aider à déclencher une descente plus énergique. C'est comme quand vous tendez un ressort. Plus vous le tendez, plus vite il va se détendre.

C'est plus ou moins ce qu'il se passe à la descente. Je déroule le haut de mon corps et l'attaque de balle, tranchante, repose essentiellement sur le travail de la main et des bras. Je ressens une grande décontraction dans mon swing, dès le début et ce jusqu'à l'impact.

Tout cela amène un bon swing ferme, un contact balle-terre. La balle vole avec du backspin, elle ne flotte pas, j'en garde le contrôle (le maître mot quand il est question du petit jeu).

Dernière chose, ne forcez jamais une approche. Connaissez vos distances et respectez-les. C'est ce que je m'applique à faire. Ma distance pour le club que j'utilise ici, un sandwedge ouvert à 56° est 90 mètres. Si j'ai plus à parcourir pour le drapeau ou si le vent souffle contre moi, je prends tout simplement un club de plus.

Gardez toujours à l'esprit cependant que ces conseils ne sont que des repères. Le swing n'est pas un jeu de reproduction parfaite et ne vous attendez pas à réaliser toutes ces phases du jeu à la perfection. Ça ne marche pas comme ça. Le swing est un mouvement, il ne doit pas être figé.

Disséquer et analyser ainsi toutes les phases de l'approche va malgré tout nous aider pour de multiples raisons. Cela vous permet d'identifier vos propres fautes et ainsi de pouvoir les corriger. Vous aurez un travail concret à effectuer et un objectif supplémentaire lors de votre entraînement, ce qui ne peut être que bénéfique pour votre jeu. Il est bien évident que ceci s'applique à tout le reste du livre.

À la descente, déroulez le haut de votre corps et attaquez la balle avec une main ferme et un swing des bras.

Terminez en roue libre après l'impact pour un bon équilibre.

EXERCICE : *Faites le tour de l'horloge pour contrôler la longueur*

Plus vous êtes près du green, moins les problèmes de précision sont présents, mais plus la notion de distance est primordiale. Vous n'allez probablement pas trop vous égarer, mais il est fort possible que vous soyez soit trop long soit trop court. C'est ce qui arrive quasiment à chaque fois à moins de 90 mètres du green.

Si on part de ce constat, la première étape vers un meilleur petit jeu va consister en un contrôle du vol de la balle. Pour parvenir à ce contrôle, vous devez adopter un système, le plus fiable possible, qui vous permettra d'apprécier les distances. Il ne s'agit pas d'être aussi précis que les pros (qui s'entraînent toute la journée). Mais il n'y a vraiment aucune raison de ne pas parvenir à atteindre un niveau où seulement quelques-unes de vos approches dépasseront ou seront courtes de quelques mètres du drapeau.

Jetez un coup d'œil à ce système. Non seulement il est très simple, mais il est également très efficace. Prenez un club, votre petit fer préféré par exemple, et mettez-vous à l'adresse. Imaginez que la balle est à 6 heures, votre tête à 12 heures. Maintenant, jouez trois coups. Pour le premier, stoppez vos mains à 9 heures. Pour le second, arrêtez-les à 10 heures et pour le plus long à 11 heures. Jouez ensuite une dizaine de coups de chaque heure, tout en sentant que vous accélérez le club sans forcer à la descente et jusqu'à l'impact. Ne forcez pas naturellement votre descente, gardez un rythme et un tempo constant ! Maintenant, considérez la distance moyenne parcourue avec chacune des 3 positions et notez les résultats. Avec un pitching wedge, il est probable que vous trouviez quelque chose comme ceci :

9 heures	***56 mètres***
10 heures	***70 mètres***
11 heures	***85 mètres***

Comparer la hauteur des bras dans le swing aux aiguilles d'une montre pour apprécier la distance est une bonne méthode que vous pouvez utiliser sur le parcours. Si vous avez la possibilité de répéter ces swings chez vous devant un miroir, votre apprentissage n'en sera que meilleur. Et si vous avez la possibilité de vous faire filmer au caméscope lors d'une séance de practice, en vous repassant l'enregistrement chez vous, vous pourrez comparer ce que vous avez ressenti et ce que vous faites réellement.

9 heures

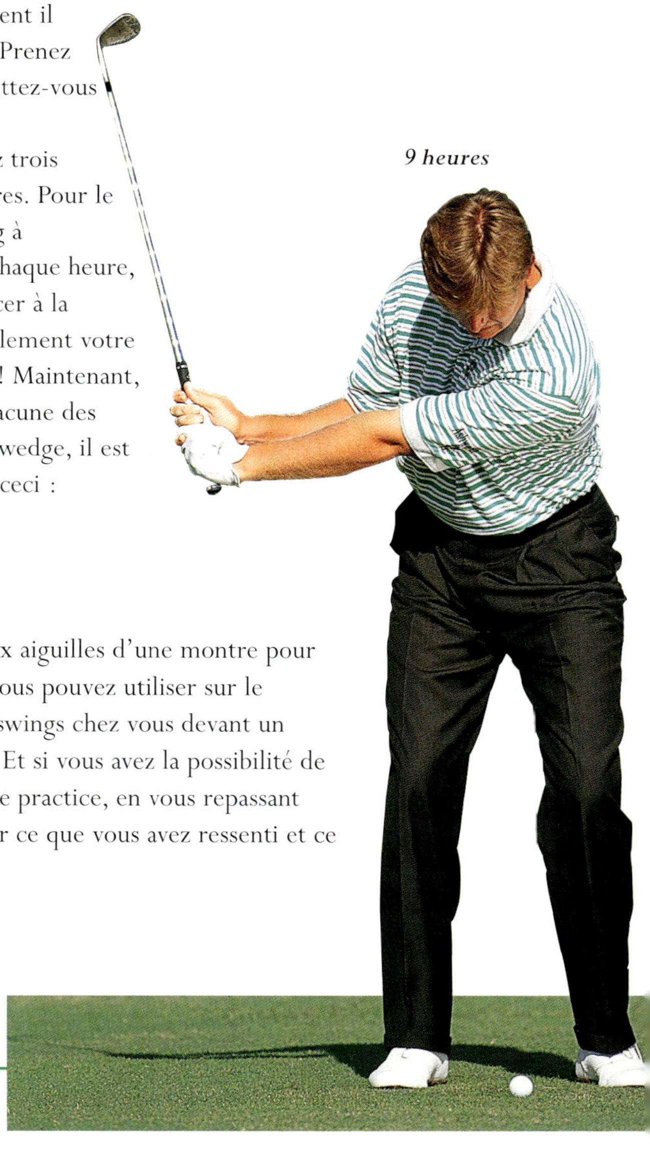

ASTUCE : *AIDEZ VOTRE BALLE À ACCROCHER LE GREEN*

Voici un petit conseil concernant votre équipement, qui peut s'avérer extrêmement important pour votre jeu et plus spécialement pour vos petits fers. Le plus souvent possible (dès que vous le pouvez), prenez un tee en bois et nettoyez les rainures sur la face de votre wedge. C'est ce qui va vous permettre d'accrocher la balle et ce qui va entraîner le contrôle et le backspin (Ndt : effet rétro). Et si l'on doit parler de backspin, ne vous attendez pas à en faire si vous jouez autre chose qu'une balle prévue à cet effet. Mieux vaut jouer une balata, conçue pour mieux redistribuer les effets et donc réussir le backspin. Les autres balles offrent beaucoup moins de rotation. Alors si vous jouez avec une deux pièces, ne vous attendez pas à stopper la balle rapidement sur autre chose que des greens très très humides.

10 heures

11 heures

Si vous voulez ajouter du spin ...

Si elle est jouée correctement, une approche levée classique génère la plupart du temps suffisamment de backspin. La plupart du temps mais pas à chaque fois. Parfois, généralement quand le drapeau est placé juste derrière un bunker à l'entrée du green, vous devrez vraiment arrêter la balle sur le green, voire lui imprimer un effet rétro, le backspin. C'est le moment de pincer la balle au maximum.

Nous avons déjà étudié la relation entre l'action des mains et la rotation du corps dans le swing classique de l'approche longue. La préparation reste quasiment la même, si ce n'est que la balle se place un petit peu plus en retrait du stance, mais le swing doit aussi être un peu modifié. Je vous en explique la raison : une simple observation montre que l'approche contrôlée, censée donner du spin, requiert un peu plus d'action du corps. Après une montée classique, je me concentre à dérouler le haut de mon corps deux fois plus rapidement. Mon rythme reste fluide et c'est très important.

Déroulez votre buste plus fermement à la descente et projetez franchement la face du club vers la balle.

Mais je dois sentir très nettement que mon corps entier se déroule à l'impact. Les mains et les bras ne sont pas tout à fait aussi actifs et je les sens comme scellés à mon corps quand je fais plonger la tête du club vers la balle en prenant un gros divot (ce qui d'ailleurs est le signe d'une attaque verticale ferme et d'un bon contact balle-terre). Avec un tel coup, je vous promets des « montagnes » de backspin !

Tout cela contribue à un finish beaucoup plus plat. Regardez juste la position horizontale du shaft au moment du finish.

Ces conseils doivent cependant être tempérés par quelques mises en garde. Il est très tentant de vouloir donner de l'effet à sa balle et de la faire danser sur le green, mais le coup est loin d'être facile à réaliser, et ce n'est pas toujours forcément raisonnable de l'utiliser. Je vous conseille donc de ne jouer ce coup que quand c'est absolument nécessaire. Autrement dit, quand c'est votre seule et unique alternative. Mais si vous décidez de le tenter, faites-le vraiment, impliquez-vous à 110 % dans l'exécution du coup. Votre préparation doit être parfaite. Chassez les mauvaises pensées de votre esprit, pensez juste à bien dérouler votre corps à la descente et gardez vos bras le long de votre corps quand vous lancez la tête du club vers la balle.

Quand vous accélérez le club à la descente et jusqu'à l'impact, pensez à ce que vos bras restent collés à votre corps.

… et si vous ne voulez pas de backspin

Bien qu'il soit facile et efficace, le coup que je vais vous montrer pourrait bien être le plus sous-utilisé du golf. Il fait voler la balle moins haut et avec moins de rotation, ce qui en fait un coup très efficace quand le drapeau est placé au fond d'un green en longueur ou quand la pente du green monte vers le drapeau.

C'est un coup qui s'adapte à de multiples circonstances : sur un parcours de type links quand vous voulez faire rouler la balle le plus possible ou si vous rencontrez un fort vent de face.

Quoi qu'il arrive, ce coup est plus facile à jouer qu'un pitch. Premièrement, vous ne devez pas hésiter à ajouter un club. Admettons que vous soyez à 85 mètres du green, je vous suggère alors de jouer un fer 9 plutôt qu'un pitching wedge. Préparez-vous plus ou moins comme pour une approche levée classique, resserrez seulement un petit peu vos pieds. Descendez également vos mains de deux ou trois centimètres sur le club. Souvenez-vous que pour parvenir à créer le backspin, le swing doit reposer sur une action importante du corps. Ici, c'est le contraire. Vous devez exécuter un mouvement où quasiment seuls les bras auront une action. Entamez une rotation correcte, mais ne laissez pas vos mains dépasser vos épaules à la montée, et essayez de sentir que l'action des poignets est réellement beaucoup moins importante que dans un swing

Servez-vous presque uniquement de vos bras dans le swing et évitez de casser les poignets autant que vous le feriez pour une approche classique.

classique. À la descente, accélérez librement le club jusqu'à l'impact, tout en laissant les poignets en dehors de l'action. Ce coup repose presque uniquement sur une action des bras qui donnera un angle d'attaque pas tout à fait aussi vertical que d'habitude. Vous cueillerez davantage la balle, vous la balayerez sans prendre de divot.

Observez également le finish, très différent si on le compare à celui de l'approche longue. La preuve de ce swing de bras tient dans la position beaucoup plus verticale du club, qui pointe à 12 heures au finish.

La trajectoire de la balle sera beaucoup moins haute que pour un pitch classique. En retombant, la balle va rebondir une ou deux fois, puis accrocher un peu plus le green et ralentir ainsi la balle. C'est vraiment un très beau coup de golf, un coup véritablement universel, que vous pourrez jouer dans une multitude de situations. Essayez-le la prochaine fois que vous êtes au practice. Je pense que vous l'apprécierez.

Pitcher depuis le rough

DANS QUEL SENS L'HERBE POUSSE-T-ELLE ?

Nous manquons tous le fairway de temps à autre. Mais combien d'entre nous s'entraînent réellement à jouer des coups depuis le rough ? C'est mon cas, mais je parierais volontiers que peu d'entre vous peuvent répondre de façon affirmative à cette question. Je sais qu'il vous est déjà difficile de trouver du temps pour frapper des balles au practice, alors laisser de côté le parcours pour vous entraîner à jouer dans le rough… Mais cela ne doit pas vous empêcher d'améliorer ce compartiment du jeu. À partir du moment où vous êtes prêt à faire de petits réglages physiques et mentaux (honnêtement il n'y en a pas tant que ça), si vous passez quelques minutes à taper des balles depuis le rough vous pourrez contrôler ces coups mieux que vous ne l'avez jamais imaginé.

La première chose à vérifier est le sens dans lequel l'herbe pousse. Ce détail peut paraître dérisoire, mais tout en dépend. Si l'herbe pousse dans la direction du drapeau, vous êtes dans une position où la balle doit voler facilement. Dans ces positions, la balle sort très « fort » du rough, j'entends par-là que la balle a très peu de rotation en vol. Donc non seulement elle vole plus, mais elle roule plus également.

La solution est donc de prendre un club, voire deux, de moins, de viser l'avant-green et de laisser rouler la balle jusqu'au drapeau. Au moins, vous pouvez jouer ce coup comme un fer classique.

Ce ne sera pas le cas si l'herbe pousse dans l'autre sens, c'est-à-dire à votre encontre. Là, le coup est nettement plus difficile. Premièrement l'herbe sera beaucoup plus présente entre la balle et votre club. Vous devrez être beaucoup plus agressif et frapper la balle énergiquement. Si l'herbe pousse dans le sens opposé à la cible, il devient plus difficile de faire de la distance. Donc dans ce cas, il convient de prendre un fer 9 quand normalement un pitching wedge aurait été plus que suffisant pour la même distance depuis le fairway. Soyez conscients de vos limites. Si le lie est véritablement mauvais, la meilleure chose à faire est encore probablement de « ronger son frein » et de se replacer sagement sur le fairway en comptant sur un possible approche-putt.

LA BALLE UN PEU EN RETRAIT ET UNE FRAPPE SOLIDE

Depuis toutes les positions, excepté quand la balle est portée sur le rough couché dans le sens du drapeau, vous devez vous obliger à reculer la balle d'au moins une largeur à l'adresse, ce pour vous aider à produire une attaque plus verticale. Baissez également les mains sur le grip, car en raccourcissant le shaft, vous rendrez plus saillant l'angle d'attaque. Dans le rough, c'est la chose la plus importante.

Descendez les mains sur le grip.

Dernière recommandation pour votre préparation, raffermissez votre prise sur les trois premiers doigts de votre main gauche.

Vous éviterez ainsi que le club ne vous échappe à l'impact.

En procédant à ces petits changements à l'adresse, vous avez effectivement procédé aux quelques ajustements nécessaires à votre swing. Vous n'avez pas réellement à adapter ou à modifier consciemment votre swing de façon conséquente. Cependant vous devez vous montrer agressif et donner un bon gros coup à la balle afin de l'extraire du lie.

À la montée, répartissez le poids de votre corps de façon plus égale que si vous aviez à jouer un fer classique. Vous ne voulez pas vous laisser trop embarquer en arrière, alors comme je vous l'ai dit, soyez agressif à la descente. Frappez aussi fort que vous le voulez, quasiment au sommet de la balle et arrachez suffisamment d'herbe pour en remplir un saladier ! Traversez la balle et surtout ne vous arrêtez pas. Regardez la quantité d'herbe que j'arrache quand je joue ce coup d'un très mauvais lie. C'est ce genre d'images qui doit vous venir à l'esprit quand vous vous apprêtez à jouer un coup pareil. Cela vous encourage à rajouter ce petit plus d'agressivité à l'impact. Et ce sera déjà à moitié gagné. N'oubliez jamais de penser à la façon dont l'herbe pousse et apprenez à anticiper la réaction de la balle. La formule est simple : si l'herbe pousse en direction du drapeau, prenez un club de moins et préparez-vous à voir la balle se lever facilement ; si l'herbe pousse dans l'autre sens, rajoutez un club et rentrez énergiquement dans la balle.

Équilibrez le poids de votre corps de façon égale, appuyez votre frappe à la descente et assurez-vous de bien traverser la balle.

EXERCICE : *Préparez une bonne réaction en chaîne*

Prêtez attention à cette petite séquence, et vous allez observer une des phases les plus importantes du swing de golf, disséquée pour vous en détail, étape par étape. Les photos montrent la transition, de la montée à la descente. Certains la considèrent comme la fraction de seconde la plus importante du swing. Vous pouvez voir comment une action efficace du bas du corps aide à positionner le club idéalement pour attaquer la balle du meilleur angle possible, plutôt vertical dans le cas d'une balle jouée depuis le rough.

Observez la façon dont j'enroule mes épaules et le haut de mon corps à la montée, mes hanches et mes jambes résistant à cette rotation. Mais remarquez ce qui se passe au début de la descente. C'est le moment décisif. Voyez comment mes hanches déclenchent le swing et se déplacent déjà beaucoup alors que le club a à peine commencé sa descente.

À la fin de la montée, la rotation est complète. Mes épaules sont tournées à 90° et je sens mes hanches résister.

C'est ce décalage (le bas du corps déclenchant la descente et les mains, les bras, le club puis le haut du corps qui suivent) qui crée le parfait plan de swing et le meilleur angle d'attaque vers la balle. Et c'est tout cet enchaînement parfaitement exécuté qui génère la puissance, le poids du corps se déplaçant dans le sens du swing.

Prenez un club et tentez de reproduire, phase par phase, tous les éléments de cette réaction en chaîne. Exécutez une montée complète, faites une pause d'environ une seconde, sentez vos hanches qui déclenchent la descente et se déroulent alors que vos genoux gardent leur flexion tout au long de la descente. Sentez comme le club trouve naturellement sa position. C'est automatique. Et à partir de la moitié de la descente, vous cinglez l'air à la manière d'une faux jusqu'à l'impact. C'est la recette d'un swing bien franc et d'un lancer plus efficace du club.

Maintenant mes hanches déclenchent la descente. Alors que je déroule le haut de mon corps, le club tombe en coupant un plan de swing idéal.

L'approche longue depuis le bunker

PRENEZ UN PETIT FER ET FAITES CONFIANCE À VOTRE SWING.

Vous vous trouvez dans une situation inconfortable : vous êtes à 80, 90 mètres du drapeau, et la balle est dans un bunker. Le lie est bon mais ce n'est probablement pas suffisant pour vous mettre en confiance. En fait, vous craignez le coup que vous allez devoir jouer avant même d'avoir posé les yeux sur la balle. Ce n'est pas très surprenant, car c'est un coup difficile pour n'importe qui et envoyer la balle à moins de 2 mètres du drapeau paraît plus qu'exceptionnel. N'importe quel golfeur devrait être capable d'atteindre le green. Voici comment.

Vous êtes trop loin du drapeau pour penser prendre un sandwedge. Prenez directement votre pitching wedge. Ouvrez légèrement votre stance, pas trop, mais suffisamment pour que vos pieds soient alignés à peu près à 10 mètres à gauche du drapeau. La balle doit être placée comme pour un pitch classique, soit à peu près à trois largeurs de l'intérieur du talon gauche. Pour finir, raccourcissez votre grip d'environ cinq centimètres.

Ouvrez légèrement votre stance et baissez les mains sur le grip.

Le sable constitue certainement la surface de jeu la moins tolérante et le coup doit être extrêmement précis si vous ne voulez pas que votre balle s'arrête très court du drapeau. Comme je ne veux pas modifier mon rythme et plus encore altérer mes chances de frapper la balle proprement, je concentre mon attention sur mon bassin et mes jambes, qui ne doivent quasiment pas bouger. Ceci me permet de garder un beau swing compact. Évitez de faire plus de trois quarts de swing avec un tel coup. Un plein swing rendrait le coup trop difficile à exécuter.

Un angle d'attaque plus horizontal est recommandé sur une telle approche. Voici un petit truc qui vous aidera à réussir le coup. Maintenez votre talon droit dans le sable aussi longtemps que possible à la descente. Mais vous ne devez pas rester en arrière. Vous devez toujours sentir le poids de votre corps se diriger vers la cible en harmonie avec la tête du club. Il faut que vous sentiez votre talon collé au sol jusqu'à l'impact. C'est ce qui permet de produire cet angle d'attaque plus plat, et qui vous autorise une marge d'erreur plus importante dans la zone de frappe. Enfin, c'est ce qui vous permet de prendre la balle plus proprement.

Veillez également à garder vos mains et vos poignets fermes à l'impact. Le contraire vous condamnerait. Faites confiance à l'ouverture du club que vous avez choisi pour faire voler la balle. Un tout petit peu de sable devrait voler à l'impact mais pas plus. Si vous prenez trop de sable, c'est que vous swinguez le club trop verticalement pour un coup comme celui-ci. Essayez encore et rappelez-vous de garder votre talon droit bien planté dans le sable jusqu'à ce que vous sentiez l'impact.

Faites une montée propre et un très léger changement de direction à la descente.

Gardez votre talon droit au sol jusqu'à l'impact.

La balle repose dans un divot

Vous venez de taper un drive magnifique au milieu du fairway et votre balle s'arrête en plein milieu d'un vieux divot. Je sais ce qu'on peut ressentir à ce moment-là. Quand j'ai gagné l'US OPEN en 1994, j'étais sur le dernier trou du 4e tour et j'ai joué mon deuxième coup depuis le rough dans une position horrible pour me retrouver sur le fairway mais dans un affreux divot. À peine sorti de l'enfer, j'y retournais !

On est tout d'abord désespéré. La majorité des joueurs de club que je connais paniquerait instantanément. C'est évidemment ce qu'il ne faut pas faire. Je sais par expérience qu'il faut s'efforcer de garder son calme, visualiser le coup à effectuer et le jouer du mieux possible. Il est absurde de s'apitoyer sur son sort et de se laisser détruire de la sorte. En 1994, à Oakmont, je me souviens avoir joué un coup très correct sur le green d'où je n'ai pris que deux putts, pour partir ensuite en play-off et gagner. Ce n'est pas un coup facile, mais si le divot n'est pas exagérément profond, vous devriez être capable d'atteindre le green. Ce que vous devez faire, c'est reculer la balle dans votre stance plus que pour n'importe quel autre coup. Placez-la en fait plus près de votre pied droit que de votre pied gauche. La position vous paraîtra étrange au début mais, c'est la seule façon d'y arriver. Basculez également un peu plus votre poids sur le pied gauche

Au sommet de la montée, gardez le poids de votre corps au-dessus de la balle et maintenez la position de vos mains jusqu'à l'impact.

à l'adresse et pointez le haut du shaft vers le drapeau, de sorte à positionner les mains en avant de la balle. À la montée, faites attention à ce que le poids du corps sur la jambe droite ne dépasse jamais 50 %. Vous devrez sentir un léger transfert du poids de gauche à droite mais pas plus. L'idéal est de se sentir bien au-dessus de la balle en haut de la montée, comme vous pouvez le voir sur la première photo. Et n'oubliez pas de bien tourner les épaules.

Et maintenant, quelques petits conseils venus tout droit de l'école des « grosses brutes ». Après avoir opéré une légère rotation et maintenu vos poignets en avant de la balle, vous devez, à présent, donner de la puissance au coup. Frappez fort comme si vous essayez de prendre la balle en plein milieu. Coupez la littéralement en deux. Il n'y a pas de relâchement du club sur ce type de coup. Les mains doivent diriger le club jusqu'à l'impact et ensuite maintenir la tête du club square le plus longtemps possible. Cela vous aidera à condition que la tête du club ne dépasse pas les mains à l'impact. C'est votre avant-bras qui conduit la tête du club. Le poignet gauche, lui, doit rester solide comme un roc.

Si les fairway sont souples, comme ici à Lake Nona en Floride, vous ne reviendrez pas de l'énorme divot que vous creuserez. C'est ce que la puissance, conjuguée à un angle d'attaque bien vertical, doit donner. La balle ne fera sans doute pas autant de distance qu'une balle frappée d'un bon lie, mais si vous avez fait ce qu'il fallait et si vous avez rajouté un club, vous devriez générer assez de dynamisme pour atteindre le green. Et c'est déjà formidable !

Assurez-vous que vos mains guident la tête du club jusqu'à l'impact afin qu'elle demeure le plus square possible.

L'ART DU CHIP

« Pensez une minute au nombre de greens que vous avez ratés lors de votre dernière compétition. Maintenant, pensez au score que vous auriez pu faire si vous aviez réussi approche-putt au moins une fois sur deux. Je crois que vous auriez gagné le tournoi ou au moins terminé très près du vainqueur ! »

Beaucoup de gens pensaient que l'US OPEN serait le tournoi du Grand Chelem que j'aurais le plus de mal à gagner. Je ne suis bien sûr pas d'accord. Si je repense à mes victoires de 1994 et 1997, j'ai la conviction qu'elles n'étaient pas des surprises. Il faut absolument que vous soyez régulier pour extirper la balle de ce rough très épais que les instances américaines, l'USGA, adorent tant ! Et il vaut mieux que vous soyez très affûté autour des greens. J'ai toujours pensé que mon petit jeu était au moins aussi bon que n'importe quelle autre partie de mon jeu. Cette semaine de 1994, c'était *la* partie de mon jeu la plus forte. Et elle n'était pas non plus trop mauvaise en 1997. Bien que j'aie pris plus de greens en régulation que quiconque cette année-là, j'en ai tout de même manqué un sur quatre. Mais j'ai mis toutes les approches au drapeau, ce qui m'a ôté pas mal de pression au putting et m'a permis de raccrocher bon nombre de pars et de ramener de bonnes cartes.

Le chip, ou approche courte, est sans doute la partie du jeu où les pros sauvent réellement des points. Observez une journée d'un des tournois du Grand Chelem et vous verrez de nombreuses approches rentrées directement. Vous constaterez aussi que les approches collées au drapeau sont considérées comme normales. Cela vous libère de pas mal de pression au putting.

Les coups que je vais vous apprendre dans ce chapitre (du plus simple au plus compliqué) vous apporteront les connaissances nécessaires autour du green. Plutôt que d'espérer des approches peu éloignées du drapeau, vous allez commencer à espérer rentrer ces approches.

L'approche courte classique

PRÉPAREZ-VOUS AU COUP GAGNANT

On entend souvent dire que la position parfaite à l'adresse pour réussir un chip se résume à ceci : « balle en retrait, mains et poids du corps à l'avant ». Analysons chacun de ces trois éléments un par un.

« Balle en retrait » : positionnez la balle entre vos pieds, à presque 10 cm à l'intérieur de votre talon gauche. Cela vous aidera à obtenir une belle descente bien ferme, exactement ce qu'il faut pour une approche courte.

Les mains sont en avant tout simplement parce que la balle est en retrait. Comme vous pouvez le voir, mes mains sont placées bien en avant de la tête de club, le shaft et mon bras gauche formant plus ou moins une ligne droite en direction de la balle.

Cette position va à l'encontre de ce que les golfeurs amateurs ont envie de faire.

Balle en retrait, mains et poids du corps en avant : les bases d'une bonne préparation.

Faites un coup d'essai avant de chipper, cela vous aidera à juger du poids à mettre dans le coup.

Ils veulent aider la balle à décoller, alors instinctivement, ils placent leurs mains derrière elle, en pensant qu'ils vont ainsi la faire monter plus facilement. C'est certainement la dernière chose qu'ils parviendront à faire. La gratte est assurée et il n'y a rien de plus déprimant.

Placer votre poids du corps en avant doit vous aider à bien descendre sur la balle, fermement et beaucoup mieux que cette horrible « cueillette de la balle ». Pour bien apprécier le juste équilibre, répartissez de façon égale le poids de votre corps sur la plante des pieds, puis déportez-vous juste un peu plus sur le côté gauche. Là, vous devriez vous sentir à l'aise, vous êtes dans une bonne position pour bien frapper la balle.

Vous devrez juste ouvrir un tout petit peu votre stance et plier un peu les genoux, mais l'expression « balle en retrait, mains et poids du corps en avant » résume presque à elle seule le geste en entier.

Juste un mot cependant sur le grip. Descendez les mains d'au moins cinq ou six centimètres. Je suis persuadé que plus les mains seront proches de la tête du club, plus la balle sera contrôlée. Et ne serrez pas trop le club. Essayez de sentir le poids de la tête de club entre vos doigts. Toutes ces petites choses vous aideront à juger de la puissance à donner à votre coup.

À cette distance du drapeau, le vrai problème, ce n'est pas vraiment la direction, c'est votre aptitude à juger du poids à mettre dans la balle qui déterminera la réussite de votre coup.

LES MAINS, LES BRAS ET UN LÉGER PIVOT

Nous voilà prêts à jouer. Si vous vous êtes mis à l'adresse correctement, ce coup est le plus sûr que vous puissiez jouer. Ici j'utilise un fer 9, mais comme vous le verrez dans les pages suivantes, la technique peut être utilisée avec n'importe quel club, du sandwedge au fer 6. C'est tout l'intérêt de cette technique car elle vous permet suivant la situation de choisir une balle plus haute ou plus basse.

Le swing proprement dit est totalement contrôlé depuis le haut du corps. Ce sont les épaules qui enclenchent le swing, les bras suivent, et cette imperceptible pression que vous exercez sur le grip crée ce léger décalage quand vous passez de la montée à la descente. C'est la clé de tout chip, quelle que soit sa longueur. Le haut du corps et les bras contrôlent l'amplitude et le tempo du swing. Un grip peu fort et sensible génère ce petit relâchement des poignets.

Faites quelques coups d'essai en ne pensant qu'à cela. Le haut du corps tourne, les bras montent et la pression des mains sur le grip reste légère pour créer à la descente un petit relâchement des poignets.

Attention à ne pas confondre pression imperceptible avec relâchement total des poignets. Le swing nécessite beaucoup plus de contrôle. De même, veillez à ce que les poignets ne soient pas trop raides ou que le swing ne soit pas trop crispé, ce qui ôterait tout le toucher nécessaire à ce coup.

Un grip léger vous permettra de mieux sentir la tête du club à la descente.

Assurez-vous que vos mains restent en avant de la tête de club à l'impact.

Laissez votre corps en mouvement et vos jambes immobiles, alors que vos mains et vos bras accompagnent la balle.

EXERCICE : *Améliorez votre toucher à grande vitesse*

Bon nombre de joueurs ont du mal à visualiser leurs chips. Ils sont réellement incapables de se représenter la balle en vol et la façon dont elle va rouler. J'ai un conseil très simple mais très efficace pour tous les golfeurs qui rencontrent ce problème.

Prenez un sac de balles de practice. Passez une heure ou deux autour du green d'approches avec tous vos clubs, du fer 6 au sandwedge. Appliquez la technique que je vous ai apprise à chacun de ces clubs et voyez tous les coups que vous pouvez jouer. Voyez comment en très peu de temps, vous allez vous rapprocher dangereusement du trou.

Un autre petit exercice peut vous aider à mieux visualiser le chip à effectuer. Mettez-vous à quelques mètres d'un green et jetez doucement des balles à la main vers le drapeau. Variez la hauteur et la distance de vos lancers.

Lancez des balles en montée et d'autres en descente. Je suis prêt à parier que rapidement, vous trouverez qu'il est plus facile de juger la distance quand vous faites voler la balle le plus bas possible et beaucoup plus difficile quand vous faites monter la balle pour pitcher à côté du drapeau.

Quand vous jetterez les balles, veillez à garder un rythme constant. La seule chose à modifier est l'amplitude réelle du mouvement du bras. Un balancier plus long augmentera la distance et un balancier plus court la réduira. Le rythme du swing doit rester le même. Prenez alors un de vos clubs et, du même endroit, tachez de vous servir des sensations que vous avez pu avoir en lançant la balle. Observez le vol de la balle et son roulement sur le green. Reprenez le même tempo et variez l'amplitude de votre swing pour envoyer la balle à des distances différentes. Notez les hauteurs de balles et les caractéristiques de roulement pour chaque coup. En faisant rouler une balle à la main par-dessous, je suis certain que vous trouverez plus facile d'apprécier la distance si la balle est près du sol. Il est très difficile d'apprécier une distance quand vous faites voler la balle jusqu'au trou. Si vous envisagez un chip à la manière d'un lancer par-dessous, vous aurez moins de mal à apprécier à la fois le vol et le roulement de la balle.

Il n'existe pas de formule magique pour améliorer vos sensations aux approches. Passez une heure ou deux à vous entraîner et vous serez stupéfaits des résultats.

Pour maîtriser la méthode, variez les coups

JOUEZ UNE BALLE HAUTE

Le point fort du chip classique, c'est qu'il est très facile à jouer. Et une fois que vous maîtrisez sa technique, vous pouvez l'utiliser à la perfection dans presque toutes les situations. Comment ? Tout simplement en utilisant des clubs aux degrés d'ouverture différents. Donc en vous expliquant la technique de base, je vous ai réellement doté d'une multitude de coups à utiliser autour du green.

Un exemple : si je prends mon sand wedge le plus ouvert, je peux très bien produire une balle haute qui roulera peu. Le swing sera plus ample que d'habitude, mais rien n'aura été réellement modifié. J'ouvre un peu mon stance et ma face de club pour éviter que ma tête de club ne s'enfonce dans le sol derrière la balle. Au lieu de cela, la tête glisse gentiment sous la balle, la montant proprement en direction du drapeau. Jouée comme cela, la balle ne doit pas beaucoup rouler.

Je ne vais utiliser un coup comme celui-ci que s'il y a un obstacle entre ma balle et le drapeau. Souvenez-vous qu'il est plus facile de juger la distance si vous gardez la balle près du sol. Mais cela vous montre tout ce qu'on peut faire avec cette technique unique.

Je ne jouerais normalement pas une approche levée de cet endroit, cependant...

... en choisissant mon wedge le plus ouvert, je vous fais découvrir la variété des coups possibles à jouer dans une telle situation.

JOUEZ UNE BALLE ROULANTE

Observez ce qui ce passe quand je prends un fer 6. Le swing est exactement le même qu'avec un sand wedge. La balle est en retrait, mes mains sont en avant et le poids de mon corps majoritairement sur mon pied gauche. Le swing est bien sûr beaucoup plus court, mais le principe reste le même. Mes épaules tournent normalement, très légèrement pour un coup de cette longueur. Les bras swinguent le club et on dénote juste une petite souplesse dans les poignets qui aidera à obtenir une attaque de balle plus franche à la descente. Vous faites en quelque sorte rebondir la balle vers le drapeau.

Le résultat est on ne peut plus économique : la balle rebondit efficacement en direction du drapeau, quittant à peine le sol, avant de rouler gentiment vers le trou. C'est certainement le coup à jouer quand vous n'avez pas d'autre obstacle entre vous et le green qu'un fairway fraîchement tondu ou un pré-green. C'est l'option à considérer en premier quand vous devez choisir le club à jouer autour du green. Faites toujours atterrir la balle sur le green. Tout au moins quand c'est possible. Et gardez la balle le plus près possible du sol. Ne prenez jamais un club plus ouvert que nécessaire, transformez votre approche en putt le plus rapidement possible. La distance avec une approche levée et flottante, est beaucoup plus dure à juger et elle requiert une technique beaucoup plus compliquée. Vous vous apercevrez bientôt qu'il n'y a aucune raison de jouer ces coups, à moins que vous n'y soyez obligé.

C'est le chip classique. Je vous avais dit que c'était simple. Imaginez maintenant comment avec une technique comme celle-ci, un tout petit peu d'entraînement pourrait sérieusement contribuer à améliorer votre handicap.

L'approche Pourcentage

Voici un autre exercice qui doit vous permettre d'améliorer votre perception de la hauteur et du roulement à donner à la balle, les deux ingrédients les plus importants pour toute approche. Prenez une trentaine de balles, l'idéal serait qu'elles soient de la même marque et de la même compression pour que vous ayez les mêmes sensations. Répartissez-les en trois petits tas. Dirigez-vous ensuite vers un green où le drapeau sera situé à environ huit à dix mètres de l'entrée de ce green. Placez un petit tas juste à quelques pas du green, un second à quatre ou cinq pas en arrière du premier et un troisième, disons à une bonne douzaine de mètres de l'entrée du green.

En commençant avec le coup le plus près du green, prenez un fer 7 et tentez de coller les balles au drapeau. Reculez ensuite et prenez un fer 9 pour approcher les balles situées dans le deuxième tas. Enfin, passez à votre sand wedge pour le troisième tas. Pour chaque coup, je veux que vous utilisiez la technique classique que je viens de vous enseigner. Gardez toujours le même tempo, variez uniquement l'amplitude de votre backswing en fonction de la distance à parcourir.

Idéalement, le fer 7 devrait faire voler la balle sur 25 % de la distance et la faire rouler sur 75 %. Le fer 9 devrait être plus proche des 50-50. Quant au sand wedge, il devrait, lui, faire voler la balle sur 75 % de son déplacement et la faire rouler seulement sur 25 %. Répétez cet exercice aussi souvent que possible et n'ayez pas peur d'y introduire des variantes. Jouez par exemple de lies différents, en essayant d'utiliser différents clubs. Vos sensations s'amélioreront presque immédiatement et, chose importante, vous apprendrez ainsi à visualiser les coups, ce qui vous aidera certainement à jouer le bon coup avec le bon club sur le parcours.

S'il est joué avec un fer moyen, un coup roulé ne nécessite qu'un swing court.

À partir d'une position de balle correcte, laissez l'ouverture de votre club faire le travail.

Cette technique permet de garder la balle près du sol et de la faire rouler ainsi plus rapidement.

Le chip flottant

Parfois, le chip classique sera tout simplement insuffisant pour vous sortir d'affaire. Il faut que vous tentiez quelque chose d'un peu spécial. Il y a un talus entre la balle et le drapeau. Aucune chance de pouvoir faire un coup roulé. Et il n'y a pas non plus beaucoup de place entre le début du green et le drapeau.

C'est une perspective peu engageante. Voilà peut-être le genre de coup que vous redoutez et plus encore si vous êtes en présence d'un bunker et non d'un talus. Si vous ressentez vraiment de la crainte, j'ose à peine imaginer les idées qui doivent traverser votre esprit en compétition. Si tel est le cas, vous serez vraiment dans une situation critique si votre état d'esprit est aussi négatif. Je peux parier que vous jouerez votre prochain coup du bunker.

De cette position, il n'y a qu'une seule véritable solution, le coup lobé, qui fait monter la balle presque à la verticale et la fait doucement retomber avec très peu de roulement derrière.

La première chose à faire est de n'envisager ce coup que si la balle repose sur beaucoup d'herbe. Le rough en soi n'est pas un problème. Au moins, il y a suffisamment d'herbe pour glisser la tête du club sous la balle. Si la balle repose sur de l'herbe rase, envisagez alors toutes les autres solutions. Essayez plutôt de contourner le bunker ou de viser le milieu du green. Ce serait sans doute la meilleure tactique.

Pour l'instant, admettons que le lie est correct. Le point le plus important du coup est la hauteur à donner à la balle. À ce propos, vous devrez instantanément penser à ouvrir le club. Mais

Une balle bien posée sur de l'herbe grasse constitue le lie idéal pour un coup coupé, cela permet à la tête du club de glisser sur l'herbe et de passer ainsi parfaitement sous la balle.

ouvrez-le réellement. Ouvrez également votre stance comme pour un chip classique et maintenez votre poids du corps à gauche. Positionnez par contre la balle un peu plus en avant que si vous jouiez un chip classique. Gardez ici les mains au-dessus de la balle, pour obtenir une ouverture plus importante de la tête du club.

Tentez maintenant d'imaginer que vous allez swinguer le club le long de la ligne de vos pieds, que ce soit à la montée ou à la descente. Le swing doit être plus ample donc les poignets devront également être plus flexibles à la montée. À nouveau, votre corps fait office de pivot du swing, tout tourne autour. Je sais que cela ressemble à un swing prévu pour une longue distance, mais entraînez-vous et bientôt vous n'aurez plus peur de monter le club aussi haut.

Il vous faudra du nerf à la descente aussi, et c'est souvent là que les amateurs perdent le plus souvent leurs chances de jouer un bon coup. Ils se précipitent à la descente, donnent un coup brusque à la balle, perdent de la hauteur, décélèrent, toutes sortes de choses qui vous empêchent de réussir votre coup. La clé pour ce coup est de bien accélérer la tête de club à l'impact. Ne vous relâchez pas, mieux vaut être excessivement agressif que trop hésitant. Et n'essayez pas d'aider la balle à monter, laissez le loft du club faire le travail pour vous. C'est la manière la plus facile d'y réussir. Une fois que vous maîtrisez la technique, la balle doit s'élever rapidement et se reposer doucement. La distance est uniquement une question d'appréciation personnelle. Si vous vous entraînez suffisamment souvent à ce coup, vous gagnerez la confiance et le toucher nécessaires à sa bonne exécution, quand vous en avez le plus besoin.

Visez un point précis

Quel que soit le chip que vous devez jouer, il vous faut choisir un endroit où faire atterrir la balle, et dans la mesure du possible, cela doit toujours être sur le green. De cette façon, vous pouvez au moins garantir à la balle un premier rebond a priori régulier et ainsi mieux maîtriser la suite.

Donc quand vous vous préparez à jouer une approche, prenez un moment pour visualiser le vol de la balle sur le côté du green. Essayez de déterminer où la balle devrait tomber et imprégnez-vous de son roulement. Ensuite, choisissez le club que vous pensez être le plus approprié. C'est ici que l'entraînement intervient car vous devez être très conscient de la hauteur et du roulement généré par chacun de vos clubs.

Gardez toujours la technique de base, simple et classique. Vous verrez ainsi que le chip classique est approprié à presque toutes les situations si vous êtes réellement au point avec le choix de vos clubs.

Comme je vous l'ai dit, tout le principe du coup tient au choix de l'endroit sur le green où vous voulez faire tomber votre balle et au fait de bien viser cet endroit. Vous n'avez rien d'autre à faire. Le reste est automatique.

Visualisez le vol de la balle et l'endroit où vous voulez la faire atterrir.

Apprenez à connaître les hauteurs et le roulement que peut produire chacun de vos clubs et gardez une technique simple.

ÉLIMINEZ UN LONG FER ET PRENEZ UN WEDGE SUPPLÉMENTAIRE

Avant de continuer, voici un petit conseil à propos de votre équipement. Vous avez droit à 14 clubs, mais il est surprenant de voir combien d'entre vous ne profitent même pas de la possibilité de jouer avec tous leurs clubs. Pire encore, beaucoup d'entre vous n'ont qu'un sand wedge !

Vous devriez avoir au minimum trois wedges dans votre sac. En fait, beaucoup de professionnels en emportent quatre. Vous devriez avoir le pitching wedge de votre série, et au moins deux autres wedges. L'un d'entre eux pourrait être le sand wedge de votre série de 9 fers, en général un 56° avec beaucoup de rebond pour sortir facilement des bunkers. L'autre devrait être un wedge utilitaire extrêmement ouvert, un 60° par exemple, très utile si votre parcours a beaucoup de petits greens.

Avec trois wedges dans votre sac, vous pouvez couvrir la totalité des coups à effectuer autour du green.

Le lob parachute

Ce coup est un des grands tours à sortir de votre chapeau. Il est risqué et c'est la raison pour laquelle on ne le voit pas si souvent, mais quand il faut absolument que la balle s'arrête net à la retombée, c'est ce qu'il y a de mieux. Deux petites choses avant qu'on ne passe à la technique. Premièrement, il vous faut un lie correct voire parfait pour réussir le coup. Deuxièmement, le club idéal pour cette situation est le lob wedge à 60°. Votre sand wedge classique pourrait faire l'affaire, mais il ne sera pas aussi efficace que le 60°.

La clé de ce coup est de pouvoir ouvrir le club au maximum à l'impact, pour que la balle parte quasiment à la verticale. Alors à l'adresse, ouvrez le club le plus possible, que la face soit quasiment parallèle au sol. La balle doit être placée à la hauteur de votre talon gauche. Répartissez de façon égale le poids de votre corps sur vos jambes. Ne favorisez pas cette fois-ci le côté gauche. Enfin, avant que vous ne jouiez, vérifiez que vos mains sont bien au-dessus de la balle. Là aussi, c'est plutôt inhabituel pour un chip mais c'est essentiel pour le lob parachute parce que vous voulez éviter une descente trop verticale sur la balle.

Vérifiez que la balle est à la hauteur de votre talon gauche et que vos mains sont bien au-dessus de la balle.

Vous êtes désormais prêt. Montez le club, tout d'abord sur une ligne parallèle à l'alignement de vos pieds, faites un trois quart de swing (un peu comme si normalement vous ne vouliez frapper la balle qu'à une petite vingtaine de mètres). Essayez de garder le poids de votre corps également réparti sur vos deux jambes, qui doivent rester bien fermes. Ce coup implique très peu le bas du corps.

Il vous faut un maximum de vitesse à la descente. N'ayez pas peur et accélérez jusqu'à l'impact. À l'entraînement, essayez de ressentir comme la tête de club passe plus tôt que d'habitude, comme si vous vouliez qu'elle dépasse vos mains à l'impact. Vous devrez balayer la balle, et non l'attaquer verticalement, alors veillez à ce que le poids de votre corps ne soit pas à gauche. Appliquez ces conseils et vous verrez la balle monter directement, parcourant plus de chemin verticalement qu'horizontalement. Ne prévoyez pas trop de roulement avec une telle trajectoire, pensez donc à faire pitcher votre balle, le plus près possible du drapeau.

Ce coup est plutôt difficile à réaliser, mais il arrive en golf qu'on se doive de prendre de tels risques. De toute façon, vous pouvez toujours l'essayer pour vous amuser dans une de vos parties amicales. Là vous n'aurez rien à perdre.

Gardez le poids de votre corps équitablement équilibré sur vos deux jambes jusqu'à l'impact.

PUTTER COMME UN CHAMPION

« Beaucoup de putteurs ne sont mauvais que par leur propre faute. On ne naît pas mauvais putteur. Un mauvais putting est la conséquence d'un manque d'entraînement. Quand vous manquez un putt d'un mètre, vous payez le prix de votre négligence à l'égard de la partie la plus importante du jeu : rentrer la balle dans le trou. »

DANS QUELLE MESURE pensez-vous être un bon putteur ? Quelle que soit la réponse à cette question, il est quasiment certain que vous ne l'êtes pas autant que vous le souhaiteriez. C'est normal, nous voudrions tous rentrer plus de putts. Pensez à votre dernière compétition. Quel score auriez-vous fait si vous n'aviez pris que 27 putts ?Vous auriez certainement gagné quelques points et peut-être gagné la compétition, mais au minimum, vous auriez réussi à baisser votre handicap.

Dans ce chapitre, je vais vous expliquer quelques principes très simples qui feront de vous un meilleur putteur. Introduisez-les dans votre mouvement et vous commencerez à contacter la balle de façon plus régulière, avec une meilleure ligne. Votre moyenne de putts va descendre rapidement.

Je vais ensuite vous montrer de petits exercices qui vont vraiment améliorer votre toucher et rendre cette partie du jeu agréable. Comme je vous l'ai dit, il s'agit d'enlever 4, 5, 6 putts, voire plus, à votre carte de score. Et ce ne sera pas un feu de paille, vous serez un bon putteur, pour de bon.

Les cinq fondamentaux du putting

IL EXISTE BIEN ENTENDU autant de façons de putter que de putteurs. Il n'en existe pas deux pareilles. Cependant, j'estime qu'il est possible de disséquer un mouvement de putting efficace en cinq points clés tous liés les uns aux autres. Commençons par le premier.

❶ Le grip

Nous allons passer un peu de temps à observer le grip parce que c'est plus important que les amateurs ne le croient. Souvenez-vous, vos mains sont les seules parties qui vous relient au club. Vous ne devez pas négliger ce point. Même sur un coup aussi court qu'un putt.

Je vous recommande un grip plutôt neutre. Exactement comme dans un swing. Assurez-vous que vos deux paumes se font face. L'idéal serait que les deux pouces se positionnent sur le milieu du shaft en pointant vers le bas.

Mon grip est assez orthodoxe. J'adopte ce qu'on appelle un grip overlap inversé. En fait, le majeur de ma main gauche vient s'insérer dans les phalanges de ma main droite. Les paumes se font face et les pouces pointent vers le sol, posées au centre du grip. La seule petite originalité de mon grip, c'est la position assez haute de mon poignet gauche. Elle me donne l'impression de pouvoir verrouiller plus facilement ce poignet et de garder ainsi la face de mon putter square pendant tout le mouvement.

Si vous vous posez des questions quant au grip à adopter au putting, je vous conseille d'essayer cette méthode. Elle vous offre la meilleure chance de bâtir un putting solide dans lequel vous pourrez avoir une confiance absolue, une méthode fiable et sûre quant il s'agit de rentrer des putts de un mètre qu'on a toujours tendance à retrouver à la fin d'une compétition.

Les mains sont plus solidaires et plus efficaces quand les paumes se font face. Positionnez brièvement vos mains comme ceci avant de prendre votre grip et vous assimilerez mieux ce principe.

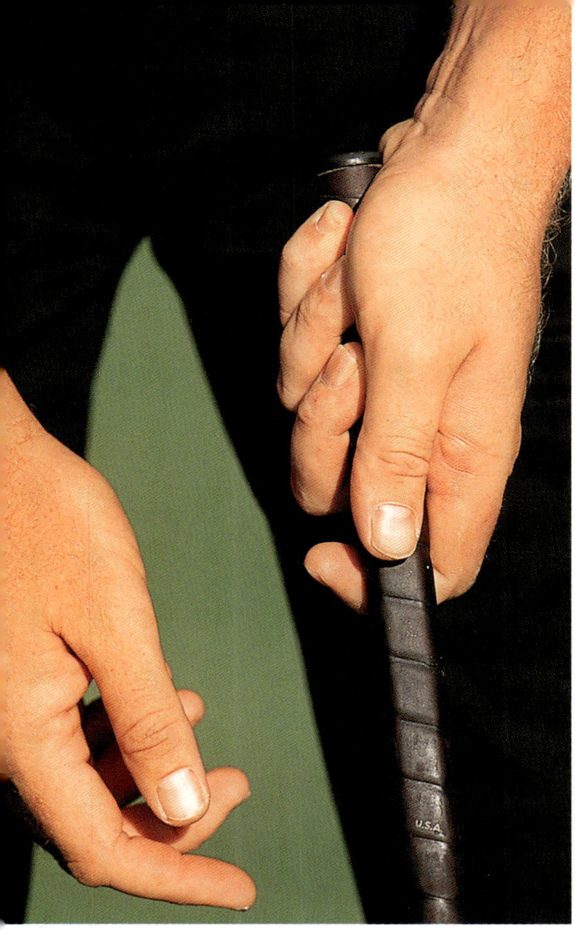

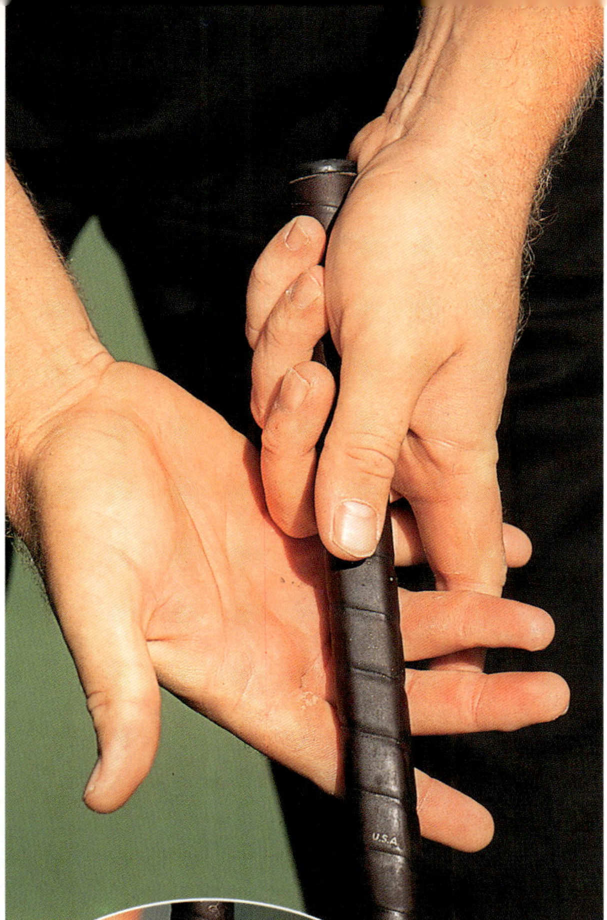

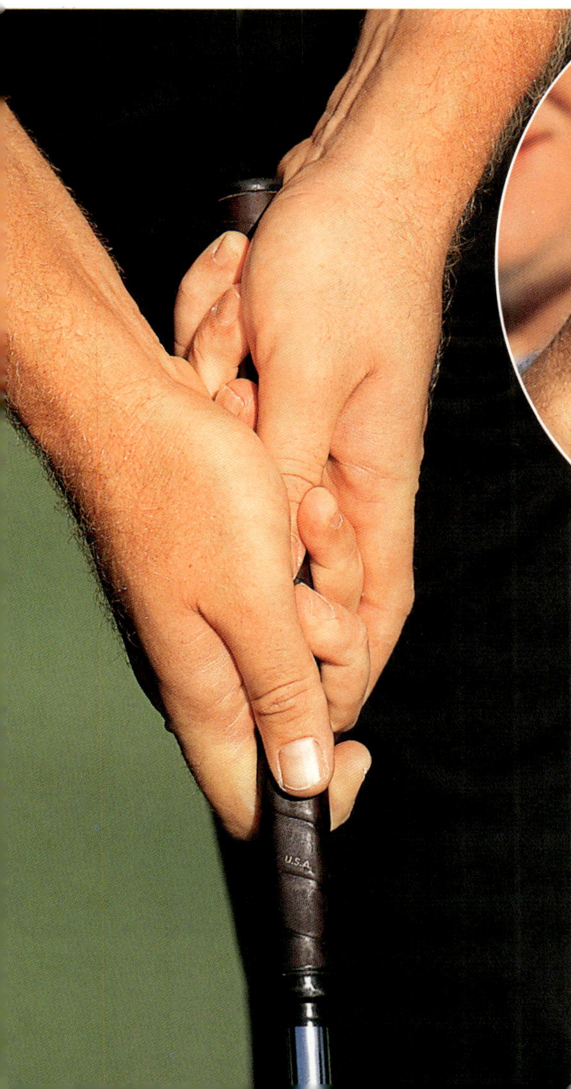

Imaginez que le dos de votre main gauche correspond à la face du putter, elle doit être perpendiculaire à la ligne de putt. Votre pouce, placé au milieu du shaft, doit pointer vers le sol. Appliquez ensuite votre main droite en y entrelaçant le majeur de votre main gauche et assurez-vous que vos paumes se font effectivement face. C'est l'essence même d'un bon grip. Les deux mains doivent être solidaires.

❷ La posture

Votre stance sur le green est aussi important que votre stance au drive. Il faut que vous soyez à l'aise. C'est le premier point. Vous ne serez jamais bon si vous êtes mal à l'aise au-dessus de la balle. Relaxez-vous, cela ne pourra pas vous faire de mal.

Ensuite, le plus important est de vous baisser depuis la taille, de façon à ce que vos mains et vos bras pendent naturellement, relâchés. C'est ce qui permet un mouvement naturel au putting. La liberté de mouvement au putting est aussi importante que pour un swing classique.

Faites ce petit exercice de prise de votre stance et vérifiez votre position. Tenez-vous droit, puis baissez-vous depuis la taille en vous accroupissant légèrement sur vos cuisses. Déplacez-les ensuite vers le grip à la hauteur exacte où vos mains reposent. Relaxez-vous, vous êtes en bonne position. Si vos bras sont repliés et trop près de votre corps, il vous est impossible de réussir un bon coup. Jack Nicklaus est quasiment voûté sur la balle et ses bras sont très pliés, mais n'oubliez pas qu'il est tout sauf un golfeur moyen. Le fait qu'il soit capable de rentrer des putts fous ne change rien au fait que vous ne pourriez pas reproduire son geste efficacement.

LA LONGUEUR DU CLUB

Les golfeurs en font souvent un peu beaucoup quand il s'agit de choisir le bon style de putter, mais il est au moins aussi important de choisir la bonne longueur de putter. Le shaft doit être suffisamment court pour que, quand vous placez vos mains sur le grip, vos avant-bras soient confortablement étendus. C'est ce qui pourra encourager un bon mouvement pendulaire uniforme.

③ La position de la balle

La seule position de balle qui compte réellement au putting est en avant du centre, ce que j'appellerais une zone de sécurité et qui est bien illustrée par trois balles placées entre l'intérieur du talon gauche et le milieu du stance. Toute balle placée plus loin en avant est à mon avis trop loin pour que vous soyez à l'aise, car vos épaules sortent alors de l'alignement. Exactement comme si vous aviez la balle trop en avant pour un plein swing, votre épaule gauche se déporte à gauche à l'adresse. Une position comme celle-ci favorisera le sway.

Si au contraire vous placez la balle plus en retrait que la dernière balle sur la photo, vous souffrirez d'une attaque trop verticale sur la balle. Cela vous posera de vrais problèmes. La balle sautera à l'impact et le roulement sera aléatoire. Vous serez incapable d'être régulier quand il s'agira de déterminer la distance idéale.

Il est préférable que les mains soient au-dessus de la balle au putting. Évitez qu'elles soient en retrait, car votre poignet gauche serait alors en position très inconfortable et risquerait de flancher à l'impact. De même, je pense que trop en avant de la balle, les mains produiront une attaque trop verticale et vous n'aurez aucune chance de prendre la balle en remontant.

EXERCICE : *Laissez la gravité déterminer la position de la balle*

Positionner vos yeux directement au-dessus de la balle vous permet de vous aligner plus facilement et vous offre une perspective plus précise quant à la ligne de putt. Alors prenez une minute de temps en temps pour vérifier que vos yeux sont bien au-dessus de la balle. C'est on ne peut plus simple. Mettez-vous à l'adresse, à l'aise, puis laissez tomber une balle depuis le croisement entre vos yeux et votre nez. C'est la gravité qui se chargera du reste. L'endroit où la balle heurte le sol est le point exact où votre balle doit se positionner dans votre stance.

Cette méthode est la simplicité même et elle vous permet de mieux maîtriser une des clés du putting.

❹ Maintenez le triangle

Pour ce qui est du coup proprement dit, il vous faut retenir seulement une ou deux clés pour vous assurer que la balle va correctement rouler. Si vous pensez trop, vous allez vous crisper et générer de la tension. Vous resterez sans doute une heure au-dessus de la balle à essayer de mettre en ordre toutes les pensées qui vous viennent à l'esprit. C'est très mauvais. Faites simple. C'est la meilleure approche. Observez le triangle que forment mes bras et mes épaules. Quand je putte vraiment bien, j'aime penser que ce triangle reste intact pendant tout le mouvement.

Essayez de putter vers l'arrière, les épaules doivent balancer et les mains rester relativement passives. Ensuite, balancez vos épaules dans l'autre sens et accélérez dans la balle. Ne laissez pas les mains interférer dans le mouvement. Évitez le mouvement des poignets. Gardez seulement votre poignet gauche bien ferme et frappez l'arrière de la balle. Si la position de la balle dans votre stance est correcte, vous la frapperez toujours légèrement en remontant. C'est exactement ce qu'il vous faut pour obtenir un bon roulement régulier.

Formez le triangle à l'adresse et gardez-le pendant tout le putt.

Une dernière chose : si vous observez mon coup, vous verrez que mon coude gauche et mon poignet restent hauts, même après l'impact, ce qui m'aide à ne pas casser mon poignet gauche. Vous n'êtes pas obligé de faire de même mais il est très important que le poignet reste ferme quand vous accélérez la tête du putter à l'impact car si vous le cassez, vous raterez le putt.

EXERCICE : *Mouvement du balancier parfait*

Je pense que si un coup dépend essentiellement de l'action des mains et des poignets, il devient un peu aléatoire, surtout si la tension monte un petit peu. Sous pression, comme à tout autre moment, un mouvement pendulaire à partir des épaules vous permettra d'être plus régulier. C'est la clé d'un bon score.

Essayez ce petit exercice pour vous familiariser avec les mouvements pendulaires, dirigés par les épaules. À partir d'un stance confortable, prenez un club et coincez-le entre vos aisselles et votre poitrine (voir photo). Si vous regardez le sol, vous verrez un triangle formé par le shaft du club, vos avant-bras et vos mains. Vous devez ressentir le balancement du triangle d'arrière en avant quand vous jouez le coup. Concentrez-vous sur l'unité du mouvement. Vos mains doivent maintenir cette légère pression sur le club afin que la tête du putter se déplace dans un rythme très coulé.

Mentalement, faites comme si la balle n'était pas là. Concentrez-vous uniquement sur la frappe et laissez la balle se diriger simplement là où la tête du putter l'emmène.

En seulement quelques minutes, vous commencerez à sentir que tout le geste dépend de son unité, les épaules en action assurant le contrôle du mouvement. Il n'est pas nécessaire que vos mains fléchissent ou que vos poignets ne se déforment. Passez seulement quelques minutes à cet exercice, une ou deux fois par semaine, et vous commencerez certainement à intégrer le balancier des épaules dans votre mouvement. Vous en tirerez bénéfice rapidement.

⑤ La prise d'élan détermine la distance

Une des différences les plus notables entre les professionnels et les amateurs se situe au niveau du rythme du putt. Beaucoup d'amateurs ont tendance à garder la même montée pour tous leurs putts et à varier la vitesse de la descente en fonction de la distance à parcourir. Les professionnels, eux, varient la longueur de leur montée, mais gardent le même tempo, quel que soit le putt. C'est un système beaucoup plus sûr.

Essayez de raisonner comme un professionnel et de garder le même tempo avec tous vos putts. Allongez ou raccourcissez vos coups en fonction de la longueur de votre montée. Une dernière chose : pour chaque putt que vous jouez (que ce soit une ficelle de 20 mètres ou un tap-in de 20 cm), que ce soit un putt très en descente ou au contraire très en montée, il vous faut accélérer la balle à l'impact. Que les greens soient rapides ou non, il faut que votre descente soit plus rapide que votre montée. C'est une règle que vous ne pouvez pas vous permettre d'oublier.

Avec un putt aussi court, économisez vos mouvements. Vous devez mettre en action un minimum d'éléments. Concentrez-vous sur un mouvement compact à la montée et accélérez le putter dans la balle.

Maintenant que vous êtes plus loin du trou, faites varier votre élan en fonction de la distance à parcourir et gardez toujours le même tempo.

Sous pression : il vous faut une routine

La pression est une chose amusante. Certains golfeurs sur le point de rendre une très bonne carte s'écroulent avant la fin du parcours. La plupart d'entre eux admettent en privé qu'ils ont été un peu timorés. D'autres golfeurs, il est vrai minoritaires, continuent à jouer leur propre jeu. C'est ce genre de joueurs qui font les grands champions. Plus l'événement est important, mieux ils jouent. On peut apprendre beaucoup de ces golfeurs.

Je pense qu'une des clés pour bien putter sous pression est d'apprendre à considérer tous les putts de la même façon. Pour y parvenir, il faut que vous ayez confiance, mais surtout que vous développiez une routine que vous pourrez répéter.

Quand je fais face à un putt crucial, je suis la même procédure que celle que je suis depuis des années. Que je sois sur le green n° 1 d'un tournoi classique ou sur le 72e d'un tournoi du Grand Chelem, j'essaie de putter de la même façon.

1 Pour commencer, je place la balle de telle façon que la marque de la balle suive ma ligne de putt.

2 Ensuite je me place derrière la balle pour regarder la ligne. C'est ma « lecture principale ».

3 Pour essayer de déterminer les différentes pentes, je me ballade un peu autour du green, pour avoir une autre perspective du putt.

4 Ensuite, pour confirmer ma ligne, je me place de l'autre côté du trou. Je peux même faire quelques coups d'essai près du trou, à l'endroit où je pense que ma balle va changer de direction.

5 *Enfin, je reviens derrière la balle, je fais une synthèse de toutes les informations et j'exécute deux coups d'essai, très doux. J'essaie ainsi d'emmagasiner des images positives sur la vitesse et la ligne du putt, le but étant de visualiser virtuellement la balle rentrant dans le trou.*

6 *Une fois à l'adresse, je jette deux petits coups d'œil en direction du trou, et je putt.*

Cette routine peut paraître longue, mais en fait, elle ne l'est pas tant que ça. De plus, il est peu probable que vous ayez envie de passer par toutes ces étapes.

Une chose est sûre, si vous jouez presque toujours sur le même parcours, vous connaissez certainement toutes les pentes et ruptures de pentes des 18 greens. Cela vous évite d'avoir à lire les greens aussi attentivement que j'ai pu vous le faire voir.

Je vous incite fortement par contre, la prochaine fois que vous jouerez, à vous concentrer sur la façon dont vous préparerez votre putt. S'il y en a encore, combien de coups d'essai faites-vous ? À l'adresse, combien de fois regardez-vous le trou ? Essayez de vous souvenir de tout cela et répétez la même routine sur le green suivant et ainsi de suite. Comme je vous l'ai dit, une routine n'est pas une recette pour jeu lent. Toutes les phases de la routine doivent être rapides et pensez à votre putt quand vos partenaires jouent le leur. Vous pouvez ainsi gagner beaucoup de temps avant que ce soit réellement votre tour. Tôt ou tard, votre routine va devenir une seconde nature. Et quand vous arriverez au 18e trou d'une compétition, dites-vous que c'est un putt comme un autre, que c'est juste la routine. Pensez immédiatement au nombre de coups d'essai que vous devez faire, au nombre de fois où vous devez regarder le trou à l'adresse et vous mettrez ainsi toutes les chances de votre côté. Et vous ne pouvez pas exiger plus de vous-même.

L'art de lire les greens

Lire les greens est une opération plutôt agréable. La plupart des golfeurs connaissent les pentes des greens de leur parcours, mais dès qu'ils vont jouer sur un autre parcours, c'est très différent. Certains golfeurs sont juste meilleurs que d'autres dans ce compartiment du jeu, mais il est très difficile de dire exactement pourquoi. Je pense être assez bon dans la lecture d'un green. Je peux donc vous donner dans ce chapitre, quelques petits trucs auxquels je pense quand je me prépare à putter : les petits indices révélateurs de la façon dont la balle va changer de direction.

1 *Observez d'abord le green dans son ensemble quand vous arrivez à votre balle. J'ai souvent l'impression d'avoir une meilleure appréciation de la topographie du green quand je suis loin et c'est une première indication quant à la trajectoire de mon putt.*

2 *Mettez-vous derrière la balle, puis sur le côté. Cela ne doit pas prendre une heure. Si vous vous débrouillez bien, vous pouvez le faire pendant que vos partenaires approchent ou puttent.*

3 *Observez les trajectoires des balles de vos partenaires. Même si elles ne suivent pas votre ligne de putt, vous pouvez toujours observer leur trajectoire sur le crucial avant-dernier mètre avant le trou.*

4 *Souvenez-vous que la vitesse détermine le changement de direction de la balle. Un putt frappé fermement prendra moins les pentes qu'une balle jouée mollement. Alors, décidez de la force que vous voulez donner à votre putt et essayez d'anticiper sa trajectoire en fonction de sa vitesse.*

5 *Certains golfeurs ont du mal à croire que le vent peut avoir une influence sur leur balle au putting. Bien sûr, un vent léger ne va rien changer. Mais si votre pantalon bat au vent, attention, il est assez fort pour faire une différence. Et plus les greens seront rapides, plus il sera influent. Il pourra annuler certaines pentes et en accentuer d'autres.*

6 *Enfin, faites des expériences. Je ne peux pas vous montrer les pentes sur les putts. La meilleure chose que vous puissiez faire est de vous exercer et observer vos erreurs. La prochaine fois que vous faites une partie d'entraînement, positionnez des balles à environ 5 mètres du trou et essayez de lire chaque putt individuellement. Jouez le putt et voyez si vous aviez raison ou non. Si vous avez mal lu le putt, observez la ligne à nouveau et voyez si vous la lisez mieux maintenant. Petit à petit vos yeux vont s'habituer à voir les dépressions et à repérer les petits indices. Et c'est vraiment le nerf de la guerre. Vous ne pouvez pas devenir soudainement un fin lecteur de ligne. Comme pour toute chose, cela demande de l'expérience.*

Si vous pensez être médiocre à la lecture des greens, disposez des balles autour du trou comme ceci. Essayez de lire chaque putt individuellement, en prenant le temps de faire le tour du cercle.

ASTUCE : *Puttez en direction du point de rupture…*

Je vois beaucoup de golfeurs s'embrouiller chaque fois qu'ils se retrouvent confrontés à un putt avec un changement de direction et plus particulièrement un putt long qui nécessite un grand mouvement. Leur premier problème est un problème d'alignement. Le second tient dans le fait qu'ils essaient de guider la balle, ce qui se termine toujours par un coup de travers, la meilleure recette pour un putt mal frappé qui ne verra jamais le trou.

Il existe une solution à la fois facile et fiable, un système que j'utilise moi-même. Elle implique de putter en direction de la rupture de pente. Évaluez la ligne et identifiez un point précis où la balle va selon vous commencer à changer de direction vers le trou.
À l'entraînement, vous pouvez utiliser un tee comme je le fais ici. Considérez ce point comme une cible intermédiaire. N'oubliez pas le trou pour autant mais pour le moment, concentrez-vous sur ce point.

Alignez-vous, ainsi que la face de votre putter, en direction de cette cible intermédiaire et allez-y, puttez. Bien évidemment, il est primordial d'imprimer la bonne vitesse à la balle, mais à part ça, vous n'avez rien d'autre à faire que pousser la balle en direction du point de rupture et laisser faire la pente naturelle du green.

Utilisez un tee pour vous guider, jouez la balle en direction de ce tee et laissez la pente faire le reste.

ASTUCE : *...ou considérez chaque putt comme un putt tout droit*

Il existe une autre méthode pour les putts avec pente, une méthode utilisée par beaucoup de bons joueurs. Elle consiste à jouer tous les putts comme s'ils étaient tout droit. Le principe est similaire au précédent, mais pas identique. Il y a même une grosse différence. Imaginons que vous ayez lu un putt et que vous ayez vu une pente importante à 30 cm à droite du trou. Vous devez visualiser un trou imaginaire à 30 cm à droite du vrai trou. C'est votre cible. Le véritable trou pourrait très bien ne pas exister, vous devez putter en direction du trou imaginaire. À nouveau, à l'entraînement, vous pouvez utiliser une aide, une balle de golf par exemple, comme je le fais ici pour indiquer l'emplacement de votre trou imaginaire.

En fait, ce que vous faites ici, c'est traiter chaque putt comme un putt tout droit, ce qui vous aidera à putter plus juste, plus en ligne. Vous ne ressentirez pas le besoin de guider la balle ou quoi que ce soit du même genre. Exactement comme pour le système précédent, une fois que vous avez décidé de la ligne à suivre, vous pouvez laisser la pente faire le travail pour vous. J'aime le concept de cette méthode. Tout ce qui rend la lecture des pentes plus facile est une bonne chose.

Ceci est un petit exercice très utile destiné à éliminer le doute sur les putts avec pente.

À chaque style sa méthode

Le putting est sans doute la partie du jeu qui demande le plus d'interprétation personnelle et c'est pour cela qu'on voit tant de façons de putter, certaines étranges, d'autres fantastiques, pas seulement chez les amateurs mais aussi chez les pros du circuit. Si vous trouvez que votre putting fonctionne mal, vous pouvez essayer d'inverser les mains.

Cette méthode des mains inversées est de plus en plus populaire chez les pros. Même si elle ne me convient pas, je lui reconnais des avantages. Premièrement elle vous permet de garder vos épaules plus parallèles au sol à l'adresse, au lieu de garder l'épaule droite plus basse que la gauche comme d'habitude. Ensuite, cette méthode aide à garder le putter près du sol à la montée et à prendre ainsi la balle en remontant à l'impact. Ainsi la balle roulera bien.

Cela signifie également que la main droite est moins dominante et que la gauche reste bien immobile à l'impact. Une main gauche ferme est une donnée essentielle pour tout putt réussi. Elle favorise une face de putter plus square tout du long, ce qui permet bien sûr d'obtenir des putts plus droits. Donnez sa chance à cette méthode et faites l'effort de la travailler suffisamment.

Le putting avec mains inversées permet de garder le poignet gauche bien ferme pendant tout le swing, le putter peut ainsi rester square à l'impact.

ASTUCE : LA MARQUE DE LA BALLE VOUS MONTRE LA LIGNE À SUIVRE

Pratiquement tous les joueurs du circuit que je connais placent leur balle d'une manière précise quand ils se préparent à putter. C'est principalement par habitude, parfois par superstition. Mais une chose est sûre, pour la plupart d'entre eux, quand il s'agit de replacer la balle sur le green, rien n'est laissé au hasard. Peu d'amateurs comprennent le réel intérêt à placer la balle d'une certaine façon. La méthode la plus courante consiste à aligner la marque de la balle sur la ligne de putt de façon à ce qu'elle roule en suivant la cible. Une sorte de repère supplémentaire pour trouver la bonne ligne. Comme je vous l'ai dit, c'est la méthode que j'utilise. Elle peut paraître insignifiante mais cet apport visuel peut réellement vous aider à focaliser sur le roulement de la balle d'un bout à l'autre de la ligne. Si cette méthode peut vous aider à positiver votre coup ne serait-ce qu'un petit peu, cela en vaut la peine.

Une autre solution est de placer la marque de la balle à l'arrière de celle-ci, exactement à l'endroit où le putter va entrer en contact avec la balle. Cela vous aidera à vous concentrer sur l'accélération du putter vers un point précis et si vous êtes loin du trou, cela vous encouragera à être plus positif. Gary Player a utilisé cette méthode de temps en temps au cours de sa carrière.

Des petites choses comme celles-ci vous permettront souvent d'aborder le putt dans un meilleur état d'esprit. Dans un sens, tout cela fait partie de la routine que j'ai évoquée dans ce chapitre, une routine qui peut s'avérer réellement décisive quant à vos performances sur le green.

Deux types d'avant-green – deux coups différents

PUTTEZ DEPUIS LA BORDURE DU GREEN...

C'est une situation qui arrive sur beaucoup de parcours dont les greens sont rapides et pentus, cela vous arrive certainement de temps en temps sur votre parcours également. La balle vient juste de s'arrêter à la bordure de l'avant-green qui forme le contour du green, ce qui rend le putt difficile à jouer de façon orthodoxe. C'est le moment d'improviser.

Prenez votre putter et glissez-le au-dessus de l'avant-green avec votre tête de putter littéralement en suspens. Vous ressentirez sans doute le besoin de baisser vos mains sur le grip de 2 à 3 cm environ maintenant que la tête du putter se trouve à 2 ou 3 cm au-dessus du sol. De cette façon, votre posture vous semblera plus naturelle.

Soulevez un peu votre tête de putter au-dessus de l'avant-green et puttez normalement.

À partir d'une position comme celle-ci, vous allez automatiquement frapper la balle au-dessus de son centre, juste en puttant comme à l'habitude. C'est ce que vous recherchez car de cette façon, vous allez brosser la balle et obtenir ainsi un roulement régulier.

Cependant vous devez vous concentrer doublement à ne pas vous relever pendant l'exécution du coup.

Le moindre redressement ou coup d'œil prématuré vous fera toper la balle complètement. Et si cela vous arrive, non seulement vous serez gêné mais il est peu probable que la balle parcoure la moitié du chemin.

De la même façon, n'essayez pas de frapper la balle à sa base parce qu'elle risque de sauter fortement de la face du putter à l'impact, ce qui rendra le coup et la vitesse du putt très difficiles à contrôler.

Si vous gardez votre tête immobile et que vous conservez un mouvement régulier, vous obtiendrez un roulement très satisfaisant.

... ET DONNEZ UN PETIT COUP DE SAND WEDGE DEPUIS LA SECONDE COUPE

Si le dernier coup nécessitait une touche d'improvisation, celui-ci en nécessite énormément. Le scénario est quasiment identique mais cette fois la balle s'est arrêtée entre l'avant-green et la première coupe de rough. Avec une telle épaisseur d'herbe derrière la balle, la situation devient vraiment très compliquée.

Ce n'est pas un coup pour le putter. Je sais que certains professionnels utilisent la pointe de leur putter dans cette situation, mais c'est extrêmement risqué. De plus, c'est tout simplement impossible étant donné le design de beaucoup de putters récents.

Voici, et de loin, une meilleure méthode. Prenez un sand wedge et préparez-vous à l'utiliser comme votre putter. Survolez le rough le plus longtemps possible. Laissez vos bras et vos mains pendre naturellement, presque mollement.

Prenez votre stance de putting et cassez littéralement les poignets pour swinguer le club.

Puis, tout en gardant vos poignets extrêmement souples et pliables, donnez un petit coup d'arrière en avant, en laissant le poids des clubs faire le travail pour vous. Vous n'avez pas réellement besoin de force et vos bras bougent à peine. Comme je vous l'ai dit, laissez juste vos poignets se casser d'arrière en avant et frappez la balle exactement au milieu et pas plus haut.

C'est une technique qui vous paraîtra étrange au début, mais essayez-la au practice et je pense que vous serez surpris de la qualité et de la régularité des résultats que vous obtiendrez. Ce n'est valable que pour des coups de 5 à 6 mètres pas plus, mais ma technique est très créative et efficace pour se sortir d'une situation délicate et se rapprocher du drapeau.

Ces photos ne le montrent pas mais ce coup a fait mouche au premier essai. Il n'y a aucune raison pour que vous ne réussissiez pas la même chose.

Donnez un petit coup dans l'arrière de la balle. Vos bras ne doivent quasiment pas bouger depuis l'adresse.

Un entraînement parfait vous emmène vers un putting parfait

JE N'AI JAMAIS RENCONTRÉ UN SEUL amateur qui aime s'entraîner au putting. Pas un seul ! En ayant observé la manière dont ils s'entraînent avant les pro-ams, je comprends mieux pourquoi. Ils ne savent pas vraiment ce qu'ils cherchent à réussir ou même à travailler. Ils puttent sans but précis. Il est clair que taper quelques balles sans objectif défini est une perte de temps.

Si vous êtes sur le putting green et que vous tapez des balles de-ci de-là, sans réellement penser à ce que vous faites, je ne vois pas ce que cela peut vous apporter. Vous feriez tout aussi bien de ne rien faire.

Quand vous vous entraînez au putting ou à n'importe quelle autre partie du jeu, il faut que vous ayez toujours à l'esprit le but de votre présence et ce que vous essayez de réaliser. Dans cette partie, je vais vous montrer quelques exercices « testés et approuvés » susceptibles d'améliorer de façon constante votre putting. Beaucoup d'entre eux sont utilisés par des pros du circuit et je pense qu'ils peuvent vous aider à prendre plus de plaisir au putting.

EXERCICE : *Puttez les yeux fermés pour plus de sensations*

On dit que si l'on nous ôtait l'un de nos cinq sens, les quatre restant seraient beaucoup plus efficaces. Cet exercice se base sur cette théorie.

Commencez avec huit ou neuf balles à vos côtés. Adressez la première, fermez les yeux et puttez. La distance que vous parcourez avec la première balle n'a que peu d'importance, sauf si vous ne l'envoyez qu'à un mètre de vous ou à des kilomètres. Globalement, trois ou quatre mètres conviennent parfaitement. Ensuite, puttez les balles restantes, une par une, en fermant les yeux juste avant d'enclencher le coup. Concentrez-vous à garder un bon tempo et restez relâché. Laissez la tête de club déterminer la direction de la balle. L'idéal serait que toutes vos balles finissent plus ou moins regroupées dans un rayon de soixante centimètres : ce serait un très bon résultat.

Je vous suggère d'essayer cet exercice sans viser de trou. Il y a plusieurs raisons à cela. Premièrement, ne pas avoir à vous soucier du trou vous libérera l'esprit immédiatement parce que vous n'aurez pas à vous soucier autant de la direction. Ensuite, vous commencerez à envisager votre coup du point de vue de la sensation qu'il vous procure, c'est votre seul point de préoccupation, et c'est un plus également.

Quand vous commencerez à prendre confiance, puttez en direction d'un trou, comme je le fais ici. Vous aurez la bonne surprise de voir que vous pouvez rentrer des putts les yeux fermés. Imaginez comme vous serez confiant quand vous les ouvrirez !

Fermez les yeux, soyez détendus...

... et gardez un tempo régulier.

EXERCICE : *Puttez autour des points cardinaux*

Putter autour du trou n'est pas une idée nouvelle, mais c'est toujours la meilleure pour augmenter vos pourcentages de réussite au putting. À vous de voir combien de balles vous voulez utiliser, mais je dirais que trois balles par rangée suffisent amplement. Le plus important est de tailler l'exercice à vos mesures. Si vous êtes un peu hésitant sur les petits putts, ne commencez pas l'exercice à un mètre vingt du trou. Vous raterez plus de putts que vous n'en rentrerez et vous ne ferez que perdre toute votre confiance. Alors allez-y progressivement, commencez à 30 centimètres et habituez-vous à faire taper la balle contre le fond du trou. Mettez-vous en confiance !

Puis reculez progressivement, préparez-vous des putts de 60 centimètres. Quand vous les rentrerez tous, réglé comme une horloge, reculez encore, cette fois à 90 centimètres, vous devriez encore être capable de tous les rentrer sans trop de problème. Comme autre alternative à cet exercice, vous pouvez utiliser seulement quatre balles et les placer autour du trou à 12 heures, 3 heures, 6 heures et 9 heures, l'idéal serait de trouver un trou avec une petite rupture de pente. Ainsi vous auriez un putt en montée, un en descente, un de gauche à droite et de droite à gauche. Tournez autour de l'horloge, et rentrez les putts depuis chaque position. Comme pour l'exercice précédent, commencez près du trou, pour progressivement vous retrouver en confiance. C'est toujours mieux de commencer doucement et de durcir l'exercice progressivement.

Il existe beaucoup de variantes à cet exercice. Évitez juste de démarrer de trop loin.

EXERCICE : *Déterminez l'alignement de votre face*

Si vous manquez beaucoup de petits putts, il y a deux raisons à cela. Soit l'alignement de votre putter est mauvais, soit votre chemin de club n'est pas droit. Bien sûr, vous pouvez très bien conjuguer les deux erreurs ! De toute façon, quel que soit votre cas, il faut y remédier rapidement ou vous vous exposez à quelques parties difficiles. Cet exercice très simple peut vous aider.

Premièrement, trouvez-vous un putt tout droit d'à peu près quatre mètres. Prenez votre position habituelle. Assurez-vous que vous ne serrez pas votre grip trop fort. Trop de tension serait néfaste. Maintenant, plutôt que d'exécuter un coup normal, poussez juste la balle en direction du trou. Ne faites pas de montée, même pas une minuscule. Globalement, vous traverserez la balle, c'est tout. Cela vous entraîne à garder la face de club square à l'adresse et emmener la face du putter en direction du trou.

Il existe deux éléments clés pour rentrer ces petits putts. Si vous les ratez, c'est que, soit votre plan de swing est faussé, soit votre putter est mal aligné. Essayez encore. Vous finirez par réussir et quand ce sera le cas vous saurez que vous brossez la balle dans le bon sens.

Demandez à un ami de se tenir derrière vous et de vous confirmer que votre club est bien aligné au départ. Cela vous éviterait une des erreurs initiales.

EXERCICE : *Puttez le long du shaft pour contrôler le chemin du putter*

Si votre mouvement de putting ne suit pas le bon chemin, vous ne serez jamais capable de contrôler la direction de vos putts. Et ce n'est pas la meilleure façon de rentrer des putts. Les quelques exercices que je vous montre ici sont supposés vous être utiles sur deux aspects.

Premièrement, vous allez commencer à comprendre quel est le meilleur chemin pour le putter et deuxièmement cela va vous aider à déplacer le putter sur le meilleur chemin de façon constante et régulière, développant ainsi la mémoire musculaire nécessaire pour répéter ce mouvement sur le parcours.

Trouvez un putt tout droit de 1,50 mètre et posez un club au sol, au niveau de la balle et parallèle à la ligne de putt, comme sur la photo ci-dessous. Prenez une position qui vous permette de garder la ligne de vos yeux, de vos épaules et de vos hanches parallèles au shaft. Vous pouvez ouvrir un tout petit peu les pieds si vous le désirez. Maintenant, après avoir vérifié que la face de votre putter est également square, bougez le putter d'arrière en avant sur une ligne parallèle à celle du shaft

et laissez la balle partir dans la bonne direction. C'est tout ce que vous devez faire.

Ayez une douzaine de balles sous la main, de façon à pouvoir répéter l'exercice dans la continuité.

À cette distance, le chemin parfait est droit derrière, droit devant. Pour les putts longs seulement, le putter commencera à revenir vers l'intérieur à la montée. Et même dans ce cas de figure, après l'impact, le club devra suivre la ligne du putt. Cette partie ne change jamais.

Une autre solution (voir à droite) pourrait être de faire courir le putter le long du shaft, répétant ainsi plusieurs coups d'essai. Encore une fois, essayez d'aligner vos yeux sur le shaft au sol. De cette façon, vous pouvez faire pivoter votre tête à gauche et regarder ainsi précisément votre ligne de putt. Vous n'avez pas besoin de changer la position de votre tête pour obtenir une meilleure représentation mentale du chemin du club. Et souvenez-vous, quel que soit le putt, s'il faut moins de disons, 2,50 mètres, gardez votre putter sur la même ligne d'arrière en avant. Une fois satisfait de votre coup d'essai « au-dessus des rails », mettez-vous à l'adresse, puttez et laissez la balle suivre le bon chemin.

J'ai répété ces exercices des centaines de fois dans mes chambres d'hôtel dans mon périple autour du monde. En plus de passer le temps, forcément long sur le circuit, ces exercices ont beaucoup contribué à améliorer mon putting au fil des ans. Essayez de trouver un peu de temps pour reproduire les mêmes exercices à la maison. Honnêtement, quelques minutes vous permettront d'acquérir plus de qualité et de régularité pour tous vos putts.

EXERCICE : *Gardez la tête immobile*

Relever la tête trop tôt au putting est une erreur que chaque golfeur commet de temps en temps. Certains sont coutumiers du fait, d'autres ne le font que sous la pression. Mais dans tous les cas, cela provient d'un manque de confiance dans le coup à jouer.

En fait, vous voulez tellement que la balle rentre dans le trou que vous ne pouvez pas vous empêcher d'y jeter un œil. Mais si la tête bouge, les épaules et les bras bougent également. C'est ce qui modifie la ligne de votre mouvement au moment le plus crucial, juste avant l'impact. Ce coup d'œil prématuré se termine généralement par un résultat décevant.

Voici un exercice très simple pour vous entraîner à ne pas regarder trop tôt. Placez un tout petit objet sous la balle ou sous la tête du putter à l'adresse (voir ci-contre). J'utilise ici une épingle à nourrice, mais une pièce de monnaie ou une puce s'avère tout aussi efficace. En effectuant votre mouvement, focalisez votre attention uniquement sur cet objet (voir ci-dessous). Oubliez tout le reste et maintenez vos yeux fixés sur ce point. Faites quelques putts en ne travaillant que cet aspect du mouvement. En quelques minutes vous trouverez tout à fait naturel de maintenir votre regard à l'endroit où se trouvait la balle, longtemps après qu'elle soit partie. Tout ce que vous devez faire maintenant, c'est enlever l'objet sous la balle et transmettre les sensations que vous avez acquises à votre propre mouvement. Cela vous aidera énormément sur vos petits putts quand la sensation de regarder est la plus forte, mais c'est une méthode à privilégier également pour les longs putts, car elle vous permettra de frapper la balle plus régulièrement dans le sweet spot.

Une fois sur le parcours, vous ne pourrez évidemment pas utiliser d'accessoires comme des épingles à nourrices ou des puces pour vous aider. Mais vous pourrez obtenir les mêmes résultats en vous obligeant à ne pas vous relever tant que vous n'aurez pas entendu la balle tomber dans le trou. Cela j'en suis sûr vous convaincra de ne pas relever la tête trop tôt.

EXERCICE : *Choisissez des cibles au hasard pour le dernier test*

Voici un autre exercice, probablement le meilleur pour vous aider à améliorer votre appréciation des distances. Prenez cinq tees et plantez-les dans le putting green dans des directions et à des distances variées, de façon à ce que vous ayez un mélange de putts aux distances et pentes différentes à jouer. À présent, visez deux fois de suite le même tee.

Putter vers des cibles en ordre aléatoire de cette façon est un excellent exercice car il se rapproche d'une situation de jeu où vous avez une chance de faire un bon putt, mais pas deux. Les tees représentent une cible intéressante car vous pouvez les déplacer à loisir, en changeant ainsi les pentes et les distances. Soyez sûr de bien déplacer les tees. Dans cet exercice, il ne faut pas que vous arriviez à vous familiariser avec aucun putt, aussi facile soit-il.

Placez des tees sur le green et ne puttez jamais en direction du même tee deux fois de suite.

EXERCICE : *Le coup et la distance – c'est la seule manière*

Prenez une demi-douzaine de balles dans votre sac et placez les balles en ligne en vous éloignant du trou en commençant à disons deux mètres cinquante. L'idéal étant de choisir un green relativement pentu. La longueur du green déterminera de quelle distance vous espacerez les balles. Si le green est immense, vous pouvez espacer chaque balle de un mètre cinquante à un mètre quatre-vingt. Sur un green plus petit, réduisez l'écart à un mètre.

Cependant la distance n'a rien à voir avec l'exercice. L'important est que le tempo reste le même pour chacun des putts. Quand vous vous éloignez du trou, la seule chose qui change est la longueur du mouvement, relativement court pour le premier putt, puis de plus en plus long à mesure que l'exercice avance. C'est exactement comme pour un plein swing, où votre rythme devrait être le même du wedge au driver. La théorie pour le putting est exactement la même. Vous devez juste garder un tempo régulier pour chaque coup. C'est peut-être l'étape la plus importante dans votre apprentissage du bon putteur récidiviste.

Vous rentrerez donc plus de putts dits moyens ou longs et, qui plus est, vous ferez beaucoup moins de trois putts.

Commencez avec le putt le plus près du trou et éloignez-vous progressivement du trou.

EXERCICE : *Échauffez-vous avant votre parcours*

Si vous vous échauffez avant un parcours, n'oubliez pas alors d'être très vigilant quant à votre putting. Bien sûr, il est un peu trop tard pour travailler un point très technique. Alors concentrez-vous pour essayer d'éprouver des sensations quant au rythme et au tempo de votre mouvement ainsi qu'à la rapidité des greens. Peut-être pouvez-vous également trouver un point précis sur lequel vous devrez vous concentrer pendant la partie, une pensée qui vous met en confiance et vous aide à positiver votre coup.

Essayez d'emmagasiner des sensations pour la distance (jouez quelques longs putts, sans précipitation, réguliers, avec une bonne accélération dans la balle). Mais faites attention, mieux vaut ne rien taper que de rater des dizaines de putts avant d'aller jouer.

Une dernière chose à propos du putter, n'ayez pas peur de vous en servir de l'extérieur du green. C'est un coup que les golfeurs n'aiment pas, comme si putter de l'extérieur du green était une sorte d'aveu d'impuissance, ce qui est ridicule. Il existe beaucoup de situations juste à l'extérieur du green où le putter s'avère être le club le plus adapté. Vous verrez nombre de joueurs parmi les meilleurs du monde, putter de très loin en dehors du green. En fait, si l'herbe est plutôt rase entre vous et le green, je ne vois rien de mal à la garder au sol. S'il est utilisé à bon escient, ce coup est aussi facile à juger qu'un chip et certainement plus facile à jouer. Alors n'écartez jamais cette possibilité.

Ashworth

APPRENEZ À SORTIR FACILEMENT D'UN BUNKER

« Vous avez probablement entendu ou lu cent fois que jouer dans les bunkers est facile et c'est exact. Le problème de la plupart des golfeurs est qu'ils ont une mauvaise préparation, ce qui entraîne un swing défaillant, et qu'ils oublient souvent les quelques fondamentaux sur lesquels les sorties de bunker réussies reposent. »

SI JE DEVAIS FAIRE UNE ÉTUDE quant au coup que les joueurs de golf détestent le plus, j'imagine que la plupart d'entre eux me répondraient les sorties de bunker. Pas tous, mais la plupart. Même si vous estimez que ce n'est pas votre coup le plus mauvais, vous ne collez probablement pas beaucoup de sorties de bunker au drapeau. Il est même possible que certaines d'entre elles restent dans le sable. Et cela vous coûte cher.

Comparez votre expérience à celle des professionnels. Eux préfèrent être dans le sable avec un lie correct que dans le rough. Pour ma part c'est certain, il est plus facile de contrôler la balle depuis le sable et la technique n'est pas plus difficile que celle d'une approche. Vous n'avez même pas besoin de frapper la balle, c'est le sable qui travaille pour vous.

Une fois que vous aurez compris les techniques de base et pris un peu confiance en vous, vous serez surpris de la façon dont vous commencerez à jouer ces sorties de bunker de green.

Les bons outils pour travailler le sable

La première chose à comprendre est que le sand wedge, par sa forme particulière, vous aide beaucoup plus que vous ne pouvez le croire. Le célèbre golfeur Gene Sarazen, plus connu sous le nom du « Seigneur », un des quatre joueurs ayant gagné au moins une fois les quatre tournois du Grand Chelem, inventa ce club dans les années 30. Et ceci pour une bonne raison. Le large rebond sur la semelle du club aide la tête de club à glisser sur le sable. Et c'est là la clé d'une bonne sortie de bunker. La tête de club glisse sur le sable qui propulse la balle sur le green. C'est ce qu'on appelle l'effet de bounce ou rebond. Mais pour beaucoup de raisons, il vaut mieux envisager cet effet comme un effet d'explosion. La tête de club expulse la balle sur un « coussin » de sable.

Si votre semelle est fine, ce qui était le cas de tous les sand wedge avant 1930 et qui est également le cas de tous les autres clubs de votre sac aujourd'hui, la tête de club a tendance à s'enfoncer dans le sable plutôt que de glisser dessus. Et si le lie est correct, ce n'est vraiment pas ce que vous recherchez. C'est la raison pour laquelle Gene Sarazen a réinventé le sand wedge. S'il n'avait pas été là pour y penser, on peut être sûr que les sorties de bunker seraient plus difficiles aujourd'hui.

La sortie de bunker classique

DES RÈGLES QUE VOUS NE POUVEZ VOUS PERMETTRE D'IGNORER

Le jeu dans le sable devient dix fois plus facile si vous vous tenez à quelques principes fondamentaux à l'adresse. Et cent fois plus difficile si vous les ignorez. C'est pourquoi avant que je ne vous laisse jouer une autre sortie de bunker, je vais vous montrer la bonne position à l'adresse pour un coup en explosion classique. Soyez attentif à chaque détail, car cette partie, si elle est bien assimilée, peut vous permettre de progresser plus vite et d'accélérer à terme le processus d'apprentissage.

Commençons par le début. L'effet de bounce de votre club sera plus efficace si votre face de club est ouverte. Si elle reste effectivement ouverte, la tête ne s'enfoncera pas dans le sable. C'est le premier principe à retenir. Il faut que vous ouvriez votre face de club à l'adresse de façon à ce qu'elle soit alignée à droite du drapeau (voir l'encadré). Il faut, et c'est important, que vous ouvriez votre face de club en premier puis que vous preniez votre grip, qui devra être un peu moins ferme que d'habitude. Si vous commencez par prendre votre grip, puis que vous ouvrez votre face de club, celle-ci reviendra square à l'impact et vous posera des problèmes de hauteur de balle et de précision.

Ouvrez également votre stance. Cela veut dire que vos épaules, vos hanches et vos orteils doivent s'aligner disons 9 mètres à gauche de l'objectif. Répartissez le poids de votre corps de façon égale sur vos deux pieds et en jetant un œil à votre grip, il faut que vous vérifiez que vos mains sont au même niveau que la balle et même peut-être légèrement en retrait. Enfin, relâchez la pression de votre grip disons de 20 % pour vous assurer beaucoup de toucher dans votre prise de club. Et vous voilà en bonne position.

Swinguez le club le long de votre alignement

La clé désormais est de swinguer le long de la ligne formée par vos pieds et votre corps. C'est pourquoi les angles d'attaque déterminés à l'adresse sont si importants. En utilisant un mélange harmonieux de rotation du corps et de swing des bras, assurez-vous que le club suive la ligne formée par vos pieds en exécutant une montée tranquille. Cassez ensuite les poignets pour donner au club sa position en haut de la montée. Gardez une pression légère sur le grip. Et tout en débutant la descente, vous devrez ressentir une sorte de petit décalage dans vos mains et vos poignets, c'est exactement ce qu'il faut.

Maintenant, concentrez-vous sur un point précis, quelques centimètres en retrait de la balle, pour vous aider à déterminer votre point d'entrée dans le sable. Votre position ouverte à l'adresse vous assure un plan de swing extérieur intérieur nécessaire pour ce coup, mais il contribue également à vous faire garder les mains près du corps à l'impact. La forme de votre sand wedge

Montez le club le long de la ligne formée par vos pieds et cassez les poignets pour aider le club à terminer sa montée.

fera le reste du travail. Notez également que mes genoux demeurent légèrement fléchis, ce qui stabilise mon swing pendant que le club est en mouvement. La balle décolle un peu à gauche de l'objectif puis tourne légèrement vers la droite, et roule légèrement après être retombée.

Une fois que votre technique sera au point, le contrôle de la distance viendra plus rapidement que vous ne pensez. Souvenez-vous du chapitre sur le putting, j'y recommandais de varier la longueur des coups pour contrôler la distance. La même méthode s'applique aux sorties de bunker.

Faites varier la distance que vous désirez faire parcourir à la balle en rallongeant ou raccourcissant votre swing. Le tempo de votre swing et le rythme avec lequel vous accélérez la tête de club dans le sable, devraient être à chaque fois les mêmes, à quelque chose près. C'est une technique beaucoup plus sûre que d'essayer de frapper plus ou moins fort avec un swing de même amplitude.

Faites exploser la tête du club dans le sable derrière la balle et pensez toujours à terminer le mouvement.

Comment faire monter la balle très haut et la faire s'arrêter très vite

Quand je n'ai pas beaucoup de green pour poser la balle, comme ici où vous voyez que le drapeau est positionné très près de la bordure gauche du green, j'adapte un petit peu ma technique à la situation, pour une trajectoire plus haute et plus molle avec quasiment aucun roulement. J'utilise également mon lob wedge ouvert à 60° plutôt que mon sand wedge ouvert à 56°. Le maximum d'ouverture pour le maximum de hauteur.

Les changements que vous devez effectuer sont désarmants de facilité. Placez la balle un peu plus au milieu de votre stance (voir l'encadré) et déportez le poids de votre corps légèrement à gauche. Dans le swing, cassez vos poignets un peu plus rapidement à la montée, pointez en fait le shaft du club plus vers le ciel. Ceci établira un plan de swing beaucoup plus vertical, ce dont vous avez besoin pour ce coup.

À la descente, gardez deux choses à l'esprit. Premièrement, prenez un petit peu moins de sable à l'impact, jouez, disons, deux centimètres et demi derrière la balle plutôt que cinq. Deuxièmement, faites un swing légèrement plus long que vous ne le feriez normalement pour une distance identique, et lancez le club directement vers le sable pour l'aider à emmener la quantité de sable nécessaire pour sortir la balle en douceur.

ASTUCE : BAISSEZ VOS MAINS SUR LE GRIP POUR PLUS DE TOUCHER

Pour toutes vos sorties de bunker ainsi que 99 % de tous les autres coups autour du green, il est toujours meilleur de baisser les mains de quelques centimètres sur le grip. En raccourcissant le club de cette façon, vous rapprochez vos mains de la balle, et cela ne peut qu'améliorer votre appréciation de la distance. Si vous y réfléchissez, l'appréciation de la vitesse de la balle est la partie essentielle d'un bon petit jeu. Si près du trou, la précision n'est pas un si grand problème, tout au moins elle ne devrait pas l'être, alors baissez vos mains sur le grip et vous pourrez vous attaquer au drapeau.

Amenez toutes ces pensées avec vous dans le bunker et efforcez-vous d'être positif à 100 %. Souvenez-vous qu'avec ce coup, la balle ne roulera pour ainsi dire pas du tout. Vous pouvez donc vous permettre de la faire pitcher au drapeau. Si vous réussissez ce coup, vous verrez qu'il est à la fois très spectaculaire et très efficace.

Pour une sortie de bunker haute, prenez moins de sable et lancez le club vers le point d'impact.

EXERCICE : *Swinguez uniquement de la main droite pour garder le club en mouvement*

Je voudrais repréciser deux points nécessaires pour réussir de bonnes sorties de bunker. Le premier est la nécessité de garder la tête de club en mouvement dans le sable. Cela paraît évident, mais j'entends par-là un mouvement souple et fluide. Malheureusement, ce n'est pas ce que j'observe la plupart du temps chez les amateurs. La seconde est l'angle d'attaque : il ne faut pas que le swing soit trop vertical. L'exercice suivant peut vous aider pour chacun de ces points.

Prenez une posture confortable et enlevez votre main gauche du grip. Laissez-la pendre librement ou mettez-la dans votre poche ou dans votre dos, comme vous préférez. Ouvrez également la face de votre club. Maintenant, en n'utilisant que votre main droite, faites un swing d'essai dans le sable, le plus rythmé, lent et quasi désinvolte possible. Serrez très peu votre grip, et laissez beaucoup de liberté à votre club, comme si vous étiez prêt à le lâcher.

Avez-vous remarqué comme la tête de club glisse sur le sable ? Vous n'avez même pas besoin de l'aider à cela. Et la tête de club ne s'enfonce pas non plus. Simplement, le poids du club et le rythme naturel d'un swing aussi libre vous fournissent les deux éléments clés dont je vous parlais. Un angle d'attaque pas trop vertical et un swing le plus naturel possible qui accélère sur la balle. Intégrez ces sensations à votre exercice d'entraînement et vous aurez gagné. En un rien de temps, votre technique sera meilleure.

EXERCICE : *Tracez une ligne dans le sable pour un impact plus régulier*

Être capable d'entrer en contact avec le sable exactement au même endroit à chaque fois est un élément clé de la régularité que vous cherchez à acquérir car il vous permet de prévoir précisément le comportement de la balle, rendant ainsi plus facile le contrôle de la distance. Quand vous vous entraînez aux sorties de bunker, essayez de tracer une ligne dans le sable plus ou moins de la largeur d'une balle. Concentrez-vous ensuite à entrer en contact avec le sable à cet endroit précis et finissez votre mouvement. Quand vous commencerez à être régulier sur ce point, exercez-vous à expérimenter différentes longueurs de coups. Continuez à entrer en contact avec le sable au même endroit et variez uniquement l'amplitude de votre swing pour contrôler la distance parcourue par la balle en vol.

En plus d'affiner votre technique personnelle, cet exercice permettra d'amener votre mental à un niveau bien supérieur.

L'idée même de ne pas pouvoir sortir la balle ne vous traversera même plus l'esprit mais vous penserez plutôt au vol de votre balle et à l'endroit où vous voudrez la déposer.

Vous pouvez utiliser cette théorie sur le parcours pour vous aider à mieux jouer vos sorties de bunker. Évidemment, vous n'aurez pas le droit de tracer une ligne avec votre doigt, mais vous pourrez vous concentrer sur un point précis dans le sable plutôt que de vous fixer sur la balle elle-même. Essayez de vous concentrer sur un point à peu près à cinq centimètres derrière la balle et allez-y. Vous n'aurez même pas à vous soucier de la balle car si vous entrez en contact avec le sable au bon endroit et si vous traversez correctement la balle, celle-ci sortira à chaque fois. Dernière chose, si votre lie est correct, le divot idéal dans le sable devra être long et peu profond, à peu près de la taille d'un billet de banque. Si vous laissez un divot beaucoup plus important, je dirais que vous prenez trop de sable. Et s'il est beaucoup plus petit, vous n'en prenez sans doute pas assez.

Lies en montée

SOYEZ PLUS AGRESSIF

Une sortie de bunker en montée est beaucoup plus facile à réaliser qu'une sortie de bunker en descente. C'est la raison pour laquelle nous allons l'étudier en premier. Lors d'une sortie en montée, vous pouvez vous montrer beaucoup plus agressif. Vous pouvez faire un swing solide et faire voler la balle jusqu'au trou en étant certain que celle-ci va rester collée au green comme une fléchette sur une cible.

Encore une fois, votre préparation va être déterminante. Pour n'importe quel coup en pente, la règle de base veut que vous déportiez le poids de votre corps sur la jambe la plus basse. C'est le point de départ. Faites donc bien attention à ce que le poids de votre corps soit essentiellement sur votre jambe droite. Cela vous permettra de garder vos épaules dans une position relativement neutre par rapport à la pente. Elles seront plus ou moins parallèles à celle-ci. D'autre part, vous devrez faire attention à garder votre stance et votre face de club plus square que pour une sortie de bunker classique. Mettez également la balle quelques centimètres plus en avant, à peu près à l'opposé de votre talon gauche. Essayez de garder le poids de votre corps stable pendant le swing. Il faut à tout prix éviter le sway avec ce coup. À la descente (voir ci-contre), swinguez avec la pente et soyez agressif. Le danger potentiel à jouer depuis un lie en pente est d'être court. Vous devez donc entrer en contact avec le sable aussi près de la balle que possible sans pour autant la toucher directement. Cela devrait vous aider à prendre plus de vitesse à l'impact et à parcourir ainsi plus de distance. Pour vous encourager à ne pas rester court, essayez d'imaginer que vous voulez heurter le drapeau à sa moitié. Ceci devrait vous inciter à être plus agressif et à mettre dans la balle ce petit plus dont vous avez besoin pour un lie en montée.

Portez votre poids sur votre genou droit pour gagner en stabilité lors de l'exécution de votre swing.

Ashworth

Lies en descente

CRÉEZ UN ANGLE D'ATTAQUE VERTICAL

Ne vous y trompez pas, ce coup-là est vraiment difficile. Peut-être le coup de bunker le plus difficile de tous. Le lie en descente dans un bunker pose de multiples problèmes. Premièrement, il est très inconfortable de jouer un coup court en descente quel que soit la surface du sol, beaucoup plus que si vous devez jouer d'un lie en montée. De plus, il est difficile d'établir le bon impact avec le sable et bien sûr, le rôle de vos mains sera déterminant quand il s'agira de donner de la hauteur à votre balle. Tout cela n'est pas très réjouissant. Mais ce n'est pas un coup dont vous devez avoir peur. Quelques petits apports techniques devraient vous permettre de mieux vous en tirer. Comme je vous l'ai dit précédemment, quelle que soit la pente, vous devez toujours répartir le poids de votre corps majoritairement sur votre jambe la plus basse. Appuyez-vous donc vraiment sur votre côté gauche et essayez d'abaisser votre épaule gauche au maximum. Beaucoup de gens disent que vous devez conserver votre balle en retrait pour ce coup. Moi, au contraire, je vous recommande de placer la balle un peu en avant du centre de votre stance pour vous inciter à effectivement déporter le poids de votre corps à gauche. C'est la priorité. Ouvrez également votre face de club de façon à ce qu'elle soit quasiment à plat.

Cassez vos poignets rapidement à la montée de façon à provoquer un angle d'attaque vertical à la descente.

Avant de vous précipiter pour jouer le coup, prenez quelques secondes pour vérifier que votre montée ne sera pas gênée par la lèvre du bunker. En effet, il y a beaucoup de chance que vous ayez à casser les poignets beaucoup plus rapidement que d'habitude. Alors familiarisez-vous avec le mouvement.

À la montée, gardez le poids de votre corps fermement planté sur votre jambe gauche et entamez une descente avec un angle d'attaque bien vertical. Encore une fois, déterminez un point dans le sable derrière la balle et enfoncez-y la tête de club. Restez bien fléchi à l'impact et efforcez-vous de ne pas regarder la balle trop tôt. De toute façon, celle-ci va sortir basse. Vous n'avez pas besoin de regarder pour vous en rendre compte. Contrairement à la plupart des coups autour du green, vous avez ici une décision difficile à prendre quant à la gestion de votre parcours. Viser le drapeau ne sera pas toujours la meilleure solution, ce sera même parfois impossible. En fait, vous devriez toujours faire retomber la balle à un endroit du green où elle pourra continuer à rouler. Si cela signifie ne pas viser le drapeau, tant pis. Acceptez-en l'idée et concentrez-vous sur le fait de garder la balle sur le green, votre prochain coup doit être un putt.

Comme je vous l'ai dit, ce coup est vraiment difficile. Mais avec un peu d'entraînement, vous arriverez à vous en débrouiller.

Laissez le club descendre le long de la pente et sortez la balle.

Pour une balle pluggée, enfoncez la tête de club

Dans une telle situation, vous devez d'abord comprendre que vous ne pouvez pas produire de backspin. Je suis incapable d'en produire moi-même. Personne n'en est capable d'ailleurs, c'est impossible voilà tout. Il est donc nécessaire que vous vous laissiez du champ pour faire rouler la balle. Tout comme je vous l'ai expliqué pour un lie en descente, s'il est difficile d'attraper le drapeau, visez plutôt le centre du green. Deuxième chose, il est très facile de laisser la balle dans le sable. Trop facile. Soyez agressif sur la balle. Observez-moi, on ne peut pas dire qu'il y ait beaucoup de finesse dans ce coup. Votre préparation se révèle comme d'habitude prépondérante. En fait vous cherchez à ce que tout soit square, de la face de club, à l'alignement de vos pieds, de vos hanches et de vos épaules. Placez la balle au centre de votre stance et déportez vos mains et le poids de votre corps un petit peu plus sur la gauche que vous ne le feriez pour une sortie de bunker classique. Voilà maintenant vous êtes prêt.

À la montée, vous devez sentir que vous montez le club directement en cassant les poignets presque aussitôt après avoir déclenché le mouvement. Faites un long backswing, c'est nécessaire si vous voulez donner à la tête de club la vitesse nécessaire pour extirper la balle de ce piège. Maintenant, frappez le sable derrière la balle et frappez-le vraiment. J'aime l'idée du talon le premier dans le sable qui permet une attaque beaucoup plus tranchante sur la balle. C'est le seul coup joué dans un bunker qui ne requiert quasiment pas de finish. Il faut juste frapper le sol au bon endroit et frapper fort.

Si le lie est vraiment mauvais, j'essaie de penser à créer une explosion dans le sable, à demi contrôlée autour de la balle. Cela m'aide à dégager les pensées positives qui me procureront ce swing agressif dont j'ai besoin ici. Je vous suggère de penser à la même chose. Rappelez-vous que la balle roulera beaucoup après être retombée alors laissez-vous de la place sur le green.

Quand la balle est enfoncée dans le sable, frappez la balle deux fois plus fort que vous ne le feriez depuis un lie parfait.

Restez fléchi quand la balle est au-dessous de vos pieds

Nous avons vu auparavant que 99 % des coups joués autour du green sont meilleurs quand vous baissez les mains sur le grip. Ce coup constitue le 1 % restant. Vous ne pouvez pas raccourcir le club alors que vous avez déjà toutes les peines du monde à vous mettre au niveau de la balle. Naturellement, vous souhaitez utiliser toute la longueur du manche, alors pour une fois, prenez un grip classique.

Une position stable et bien équilibrée à l'adresse dépendra de vos genoux. Vous devez les fléchir beaucoup plus que d'habitude pour amener la tête de club au niveau de la balle. C'est de là que votre extension doit venir. Penchez également le haut de votre corps depuis la taille. Écartez vos pieds un peu plus que d'habitude, cela aussi vous aidera à vous rapprocher de la balle et à vous stabiliser.

Maintenant vous voilà dans une position idéale pour maintenir un bon équilibre dans une posture pourtant peu académique, à ce moment précis, vous avez fait plus de la moitié du travail. Sentez que vous cassez vos poignets immédiatement à la montée, comme si vous essayiez de pointer le club vers le ciel le plus vite possible. Concentrez-vous ensuite à garder la tête au même niveau pendant toute la descente. En respectant ceci vous vous éviterez bien des problèmes et notamment un top désastreux. Par contre, vous vous laisserez une chance de réussir le coup parfait juste derrière la balle. À l'impact, sentez que vous swinguez vers la gauche avec une face de club très ouverte.

Un swing un peu plus vertical est inévitable, tout comme le fait de couper la balle un petit peu, alors alignez-vous encore plus à gauche que pour une sortie de bunker classique, de façon à ce que la balle se déporte naturellement vers la droite, que soit en l'air ou en retombant sur le green.

Attention, ce coup est délicat, alors entraînez-vous et surtout ne vous découragez pas si vos premiers essais ne sont pas très réussis.

Faites un swing de poignets et concentrez-vous deux fois plus à garder la tête immobile jusqu'à ce que la balle ait bien décollé.

Balle au-dessus des pieds – swinguez avec la pente

C'est le lie en pente qui semble le plus naturel à la plupart des golfeurs et donc le moins intimidant. Cependant, une balle placée au-dessus de votre stance s'avère beaucoup moins facile à manœuvrer qu'il n'y paraît.

La première chose à faire est de raccourcir votre grip pour amener la tête du club au niveau de la balle. Tenez-vous également un petit peu plus droit qu'à l'habitude. Vous remarquerez aussi que je m'aligne à droite de la cible (ce qui est peu fréquent dans un bunker), pour permettre à la balle de voler et de rouler ensuite vers la gauche. Souvenez-vous que n'importe quel coup avec une pente comme celle-ci, que ce soit sur le fairway ou depuis un bunker, est supposé générer une rotation vers la gauche.

En plus de viser à droite de la cible, ce coup se distingue également des autres coups joués depuis le sable.

Restez droit, visez à droite et swinguez le club plus horizontalement derrière vous.

Plutôt que de swinguer le club à l'extérieur de la ligne, vous devez sentir que vous swinguez avec la pente. En d'autres termes, faites un swing intérieur beaucoup plus naturel dans cette situation. Ramenez le club sur le même plan en suivant la même ligne et finissez le mouvement également sur le même plan.

En fait, vous allez swinguer sur un plan intérieur - extérieur assez prononcé qui va vous faire sentir assez à l'aise avec une balle aussi surélevée par rapport à votre stance.

Comme je vous l'ai dit et comme vous pouvez le constater dans cette séquence, la balle sort directement à gauche par rapport à mon alignement, elle tourne également vers la gauche et donc en retombant, elle va rouler encore plus vers la gauche, tout cela avec une trajectoire forcément un peu plus haute. Pensez-y également.

Les coups en pente de côté ne sont pas les plus faciles, mais si vous vous positionnez correctement devant la balle comme je vous l'ai montré et si vous vous appliquez à entrer en contact avec le sable au bon endroit, vous vous en tirerez très bien et vous sortirez la balle à chaque fois sans problème.

Choisissez votre point d'impact et swinguez le club délibérément de l'intérieur vers l'extérieur.

EXERCICE : *Six balles, six lies différents*

Vous ne deviendrez pas un bon joueur de bunker en une nuit, mais voici une façon d'accélérer le processus d'apprentissage. Placez six balles dans le même bunker, chacune avec un lie légèrement différent. Commencez plutôt avec deux lies assez faciles, puis deux en montée, un lie en descente et enfin une balle pluggée. Voilà un choix varié.

Une fois que vous êtes dans le sable, la clé est d'anticiper la trajectoire de la balle et de choisir la technique la plus efficace. Vous ne pouvez pas juste entrer dans le bunker et espérer que tout se passe bien. C'est un art précis, alors évaluez chaque coup en fonction de la technique qu'il requiert. À quelle hauteur la balle va s'élever, quel va être son roulement, est-ce qu'une ouverture à 60° est plus adaptée qu'un sand wedge ouvert à 56° ? Cela paraît fastidieux mais après avoir travaillé à cet exercice quelques temps, vous vous surprendrez à prendre des décisions instinctives. Avec cet exercice, vous apprendrez à lire un lie plus précisément et à mieux exécuter votre coup, grâce à l'expérience que vous aurez emmagasinée et aux expériences que vous aurez faites. Les deux clés de la réussite de cet exercice.

Si vous ne passez ne serait-ce qu'une heure à travailler cet exercice vous comprendrez comment travailler le sable et les réactions du club dans le sable. Mais en plus vous apprendrez à vous rapprocher du trou et à réussir l'enchaînement sortie de bunker – putt et même pourquoi pas rentrer directement une sortie de bunker. C'est loin d'être aussi irréalisable qu'il n'y paraît. Essayez et voyez les résultats.

Lies corrects : ouvrez votre face de club, choisissez un point d'impact dans le sable et swinguez librement.

Balle plus basse que les pieds, visez à gauche et swinguez vers la gauche.

Lie en montée : soyez beaucoup plus agressif.

Balle au-dessus des pieds : visez à droite et swinguez autour de votre corps.

Lie en descente : attendez-vous à une trajectoire basse.

La sortie de bunker de distance moyenne

Voilà un coup tordu. Ce n'est ni un plein coup de bunker de fairway, ni une sortie de bord de green. C'est un coup entre les deux, qui pour une majorité de joueurs se révèle un casse-tête quant à la façon de l'aborder. D'après ce que je peux observer le premier problème c'est le manque de certitudes. Beaucoup de golfeurs se demandent s'ils doivent jouer ce coup comme une sortie de bunker classique ou comme un pitch joué depuis le fairway. 99 % de ces mêmes golfeurs se révèlent incapables de se décider en temps voulu. Ils se partagent entre deux solutions et à partir de ce moment là l'idée même d'un coup correct s'envole.

Pour le genre de coups que l'on peut voir sur la photo soit un coup d'à peu près 45 mètres, on réalise avant tout une sortie de bunker plus qu'une approche. Vous ne pouvez pas malgré tout le jouer comme une sortie de bunker courte, en explosion, et cela pour n'importe quel coup entre 35 et 65 mètres.

Votre sand wedge à 56° sera le bon club. Pas besoin de pitching wedge ou même de fer 9. On applique les règles de l'approche classique, cela veut dire qu'on raccourcit le grip un petit peu et qu'on ouvre légèrement son stance.

Pour les coups de 35 à 65 mètres...

La clé est en fait de prendre moins de sable que pour une sortie courte. Donc si vous avez l'habitude de prendre contact avec le sable, disons 5 centimètres derrière la balle réduisez cette distance à 1,5 centimètre. Exécutez tranquillement votre swing en gardant les jambes et la partie basse de votre corps solides et efforcez-vous de bien viser le point d'entrée que vous avez choisi. Vous pouvez quasiment oublier la balle, elle n'est pas notre priorité ici, c'est le point d'entrée dans le sable qui l'est. Il n'y a pas d'erreur à faire, la balle sortira impeccablement.

Pour ce qui est des distances, vous devrez les découvrir à l'entraînement. Il est important que vous connaissiez vos limites. Un sand wedge ouvert à 56° conviendra jusqu'à 65 mètres. Jusqu'à 85 mètres on utilisera un pitching wedge. Pour des distances supérieures, je vous conseillerais de jouer le coup plus comme une approche longue classique que comme une sortie de bunker. Cela veut dire prendre la balle le plus proprement possible, comme décrit dans le chapitre sur les approches longues.

Je vous conseille d'utiliser votre sand wedge 56° et d'essayer de prendre moins de sable que d'habitude.

Pour une distance très courte, donnez comme un coup de poignard

Maintenant que nous maîtrisons les sorties longues, terminons le chapitre avec le coup le plus court que vous ayez à jouer depuis le sable. C'est une technique assez avancée que je vais vous montrer mais j'encourage chaque golfeur à lui donner sa chance au moins au practice et à voir ainsi s'il peut acquérir la confiance nécessaire pour la tenter sur le parcours.

Ce coup est excellent surtout si vous êtes très près du drapeau et spécialement si la balle se trouve légèrement en montée dans le bunker ou alors que le green descend sévèrement après le bunker de sorte que vous devez déposer la balle juste à la bordure du green et la laisser ensuite rouler tranquillement vers le drapeau.

Il faut que vous ouvriez votre stance encore plus que d'habitude, ce qui veut dire que votre sand wedge doit être à plat, presque suffisamment pour qu'on y fasse tenir un verre d'eau. Alignez vos pieds, les hanches et les épaules bien à gauche de l'objectif. Fléchissez bien vos genoux pour vous sentir un peu plus « assis » que d'habitude et baissez vos mains un peu plus à l'adresse.

À la montée, cassez vos poignets rapidement, la position basse de vos mains vous aidera en ce sens. Vous créerez ainsi un arc de cercle très vertical. Gardez vos genoux solides et répartissez le poids de votre corps de façon égale. Ensuite, choisissez votre point d'entrée dans le sable, environ à 5 centimètres derrière la balle et lancez littéralement la tête de club sur ce point. Soyez agressif, vous devez sentir que vous frappez le sable avec la semelle du club, que le club s'écrase lourdement sur le sol.

C'est un bon coup à garder sous le coude si vous devez arrêter la balle rapidement sur le green. Mais entraînez-vous un bon moment d'abord.

Contrairement à la plupart des autres coups joués dans le bunker ce coup ne requiert pas de traversée. Ne vous inquiétez pas. Si vous choisissez bien votre point d'entrée dans le sable et que vous lancez la tête du club agressivement dans le sable vous arriverez à exécuter le plus délicat des coups. La balle s'élèvera quasiment à la verticale mais s'arrêtera rapidement et se posera comme un papillon sur une fleur. La perfection. Comme je vous l'ai dit ce coup est ambitieux. Mais avec un peu d'entraînement il n'y a aucune raison pour que vous ne puissiez le maîtriser.

Alors soyez audacieux, essayez-le !

LES COUPS SPÉCIAUX

« Je reconnais, honnêtement, que je me trouve moins souvent dans ce genre de situation que vous, mais la route qui mène à la perfection en golf passe par des étapes difficiles dont il faut savoir s'accommoder. Beaucoup d'amateurs ont une tendance à transformer une situation délicate en une catastrophe absolue et quelques trous désastreux dans une partie peuvent très vite vous coûter cher. »

Beaucoup d'amateurs s'imaginent que les meilleurs joueurs mondiaux, dont je fais partie, jouent un golf parfait tout le temps. Bien sûr, ils savent que nous ratons un trou de temps en temps, mais globalement ils se figurent que nous « teeons » la balle sur le trou n° 1, que nous drivons la balle exactement au centre du fairway, puis que nous prenons le green en régulation, puis que suivent un putt voire deux mais jamais plus, et ainsi de suite sur les 17 trous restant. Un jeu d'enfant. Malheureusement, cela ne se passe pas tout à fait comme cela, ma progression du tee au green est toujours linéaire, que je trouve tous les fairways et que je prenne tous les greens, mais ce serait faux. Nous tapons des mauvais coups, comme n'importe quel autre golfeur. Il y a des jours où je peux rater la moitié des fairways au drive et à peine dépasser la dizaine de greens pris en régulation.

Certains amateurs trouvent cela difficile à croire quand on sait que je peux gagner un tournoi à 10, 15 ou 20 coups sous le par. Mais c'est la vérité pourtant. Un golfeur n'est pas une machine et il est impossible de frapper tous les coups à la perfection. C'est pourquoi un coup délicat, quelle que soit sa forme, peut se présenter à tout moment.

Dans ce chapitre, je vais vous montrer quelques-uns des coups parmi les plus communs qui peuvent vous poser problème au cours d'une partie. Quelques-uns d'entre eux vous rappelleront de bons (?) souvenirs (peut-être tous !) et certains autres non. Mais croyez-moi, si vous pratiquez le golf assidûment, tôt ou tard, vous vous retrouverez dans une situation comparable, alors prenez le temps d'apprendre à vous sortir de ces pièges. Allons-y ! Dites-vous que de toute façon, ces coups sont amusants à jouer.

L'approche en pente

Les lies en pente sont inévitables sur n'importe quel parcours. Je vais vous montrer la technique de base pour les approches en pente, qu'elles soient montantes ou descendantes.

UTILISEZ MOINS DE LOFT POUR UN COUP EN MONTÉE...

Je suis étonné de voir ce coup rester si souvent court. L'erreur commise par les golfeurs tient plus souvent au choix du club qu'à un problème technique. En fait, ils choisissent la plupart du temps un club trop ouvert en oubliant qu'ils ont déjà à faire à une pente elle-même inclinée à 15 ou 20°. Si l'on ajoute ces degrés à ceux du club, par exemple un sand wedge, il n'y a aucune surprise à voir la balle s'arrêter très court du drapeau. On a alors un club ouvert à peu près à 70°, ce qui est beaucoup trop.

Ne commettez pas la même erreur, laissez la pente jouer en votre faveur. Si vous choisissez un club moins ouvert, vous pourrez exécuter un swing moins ample, vous n'aurez pas besoin de frapper autant la balle, vous imprimerez moins de rotation à la balle, donc vous obtiendrez plus de roulement avec celle-ci. Tout cela veut dire qu'il vous sera plus facile de juger la distance.

Dans cette situation, où la pente est assez prononcée, j'ai choisi un fer 7. Non seulement cela me permet de jouer un des coups les plus simples techniquement parlant (ce n'est rien de plus qu'un putt rallongé), mais cela me permet également de donner à la balle une hauteur de vol moins importante et donc plus de roulement. Car plus tôt la balle touchera le sol en roulant comme avec un putt, plus votre appréciation de la distance sera précise. C'est un truc à garder à portée de main pour tous les chips, transformez-les en putts dès que vous pouvez.

Un stance un peu plus large vous donnera une assise plus solide et vous évitera de faire du sway.

Gardez un minimum de jeu avec vos poignets pour favoriser une sorte de balayage à l'impact.

Cet angle d'attaque très horizontal permet au loft du club de faire le travail pour vous.

... ET PLUS DE LOFT SUR UNE PENTE DESCENDANTE

Si vous êtes face à un coup telle qu'une approche en descente, vous devez simplement inverser les règles que je vous ai expliquées pour un lie en montée. La première chose à laquelle vous devez penser, c'est que la pente descendante va annuler le degré d'ouverture de votre club. La balle partira très basse et probablement très rapide. La clé sera donc de prendre votre club le plus ouvert pour vous aider le plus possible à contrer les effets de la pente.

Une fois le club choisi, préparez-vous correctement. La balle devra se trouver approximativement au milieu de votre stance. Le poids de votre corps sera naturellement déporté vers l'avant, du fait même de la nature de la pente. Ne tentez pas de résister à cela. Attachez-vous seulement à construire une assise solide, en laissant le poids de votre corps sur la gauche. Une fois vos mains bien en avant de la balle, vous êtes prêt.

Faites l'effort de casser vos poignets un peu plus tôt que vous ne le feriez pour un chip normal. Gardez toujours le poids de votre corps à gauche. À la descente, essayez de ressentir que la tête de club suit la balle le long de la pente, aussi prêt du sol que possible. N'essayez surtout pas de lever la balle ou je vous garantis que vous la toperez. Si vous vous contentez de suivre la pente avec le club, tout ira bien. Vous réussirez parfaitement votre coup.

J'aurais cependant une petite mise en garde à formuler. Ce coup est beaucoup plus délicat à réaliser que l'approche en pente ascendante, alors ne soyez pas trop prétentieux.

Laissez-vous une marge d'erreur confortable pour faire retomber la balle. Et si votre prochain coup est un putt, soyez-en déjà satisfait.

Les mains et le poids du corps en avant, la balle un peu en retrait dans le stance.

Cassez vos poignets un peu plus tôt et faites un swing plus long.

Sentez que vous frappez la balle vers le bas en longeant la pente avec le club.

Il est nécessaire de garder une position très basse le plus longtemps possible.

EXERCICE : *Lie descendant, la balle est plus vive*

Remémorez-vous un des chapitres précédents du livre et souvenez-vous des messages principaux du chapitre consacré à la préparation parfaite pour une approche courte. « La balle en retrait, les mains et le poids du corps en avant ». Au cas où vous l'auriez déjà oublié, ces trois facteurs sont les bases d'une technique solide, qui favorise un angle d'attaque légèrement vertical et une frappe de balle assez tranchante. Les éléments clés d'une bonne approche.

Faire une approche courte depuis un lie en descente, même si ce n'est pas le coup le plus facile, est un bon exercice parce qu'il met en avant tous les exercices de base de la technique du chip. Balle en retrait, mains et poids du corps en avant. Il exagère même ces principes et cela ne peut que vous aider dans votre apprentissage.

Alors essayez d'approcher quelques balles en descente. Encore une fois, j'insiste, mettez la balle un peu en retrait de votre stance, vos mains et le poids de votre corps favorisant votre côté gauche.

PERFECTIONNEMENT : *Minimisez le Premier Rebond*

Si vous êtes sur une pente descendante et que vous n'avez pas beaucoup de green jusqu'au drapeau, essayez de faire rebondir la balle sur la partie la mieux tondue du rough juste avant le green. Cela vous permettra de ralentir la balle et de gagner de l'espace pour la faire rouler. C'est assez risqué parce que le premier rebond devient assez aléatoire. Mais dans certaines situations délicates, c'est une option intéressante à garder à portée de main. Essayez ce coup lors d'une partie amicale et voyez le résultat.

De toute façon avec un lie en descente, cela va vous paraître naturel. Essayez d'arriver à ce que vous n'ayez plus qu'un contact balle-herbe à l'impact. Ensuite, revenez à un lie plat et faites quelques approches, en essayant d'appliquer les mêmes principes. Jamais vous ne vous serez senti aussi à l'aise avec les approches. Vous vous sentirez plus en confiance et n'oubliez pas que votre confiance est votre atout numéro 1 au petit jeu.

Si la balle repose sur la terre, mettez de la souplesse dans vos mains

Je doute fort qu'il y ait une approche plus intimidante que celle-ci. La balle repose directement sur la terre et pas un brin d'herbe à l'horizon. Même pour moi, réussir un approche putt d'un tel lie n'est pas chose facile. Ceci dit, dans une position comme celle-ci, je m'attends toujours à mettre la balle à moins de deux mètres du drapeau. Ce devrait être la même chose pour vous. De toute façon, avec les quelques conseils que je vais vous donner, je devrais vous permettre d'arrêter de gratter ou de toper la balle dans une telle situation.

Tout d'abord, dites-vous que si vous êtes stressé, vous n'aurez aucune chance d'y arriver. Mais si jamais vous êtes tout de même stressé, essayez au moins de relâcher votre étreinte sur le grip. Serrez le club aussi légèrement que possible, sans pour autant sentir que le club échappe à votre contrôle. Cela contribuera à relaxer vos poignets en leur permettant de se casser librement pendant le swing.

Pour ce qui est de la technique proprement dite, c'est un chip classique. Seulement, la nature même du lie pardonnera moins les éventuelles erreurs. Dans cette séquence, la terre autour de la balle était assez souple.

Pour jouer ce coup, serrez le club plus légèrement que jamais pour permettre à vos poignets de se casser plus librement à la descente.

Il y avait beaucoup de poussière donc j'ai joué la balle un petit peu comme une sortie de bunker, en gardant mes mains et mes poignets assez souples. Mais peu de lies ressembleront à celui-ci. La plupart d'entre eux seront durs comme du bois, ne laissant au club aucune possibilité de pénétrer le sol. Dans une telle situation, vous pouvez utiliser exactement la même technique, excepté que vous devez littéralement « scalper » la balle, c'est-à-dire la jouer proprement, sans toucher le sol en premier. Reculez la balle de deux ou trois centimètres de plus dans votre stance et vous verrez qu'il est plus facile de prendre la balle proprement. Laissez aussi votre sand wedge dans le sac et jouez le coup avec un pitching wedge ou pourquoi pas un fer 9. Comme vous le savez, le sand wedge est équipé d'un rebond important et avec un lie aussi délicat, vous risquez de ne pas pouvoir pincer la balle correctement et par conséquent de la toper presque à chaque fois.

Cependant, le pitching wedge dispose d'un rebond moins important qui le rend plus efficace pour pincer la balle à sa base.

Mentalement ce coup est redoutable parce qu'il est très intimidant. Mais comme je vous l'ai dit, relaxez-vous, gardez les mains et les poignets souples et bientôt ce coup ne vous fera plus peur.

Faites un effort supplémentaire pour garder votre tête, votre corps et vos jambes immobiles pendant que vous swinguez tranquillement, mais toujours avec conviction.

Les coups de sauvetage en gaucher

C'est vrai que je ne rencontre pas très souvent ce genre de coup mais le peu de fois où cela m'est arrivé dans ma carrière, j'ai été très heureux de savoir comment les jouer. Je me souviens notamment d'une fois au championnat du monde de match play, sur le 18e trou du célèbre parcours ouest de Wentworth, où j'avais égaré mon drive complètement à gauche. Sans un coup de gaucher, j'aurais probablement dû me droper, ce qui coûte très cher à mon niveau. Le fait est qu'à part ce coup, vous n'avez pas d'autre alternative. Vous pourriez essayer le coup en revers, en frappant la balle avec la face extérieure du club, mais c'est un coup beaucoup plus difficile à jouer.

Alors concentrons-nous sur celui-là. À l'adresse, vous devez penser à toutes les choses qui d'habitude sont naturelles. Pour commencer, votre main gauche devra se placer sous votre main droite. Tenez-vous plus droit que pour une approche classique, également un peu plus ouvert et assurez-vous que votre bras droit est bien tendu. Vous en ressentirez une sensation très étrange. Faites quelques coups d'essai pour vous familiariser avec le mouvement, en essayant toujours de trouver le point le plus bas dans le swing, celui où la tête de club vient brosser le sol, et qui est l'endroit où la balle devra être positionnée dans le stance. La technique idéale pour un cas comme celui-ci est sans conteste le demi-swing avec des poignets très fermes. Vous ne pouvez pas vous permettre de laisser vos poignets se casser comme d'habitude. La marge d'erreur serait trop importante. Pensez en fait que c'est un mouvement de bras et ne laissez pas vos mains monter plus haut que vos hanches.

Accélérez le club sur la balle et essayez de finir le mouvement. Si vous gardez votre tête bien immobile et que vous ne la relevez pas trop tôt, vous serez surpris du contact que vous obtiendrez avec la balle. Mais ne soyez pas trop gourmand, prévoyez uniquement de remettre la balle en jeu. Ce ne sera certainement pas un coup très esthétique mais si vous pouvez ramener la balle de trente mètres sur le fairway, vous aurez réussi. En fait, en refusant de prendre un point de pénalité, vous aurez déjà sauvé un coup. Et avec votre balle revenue au beau milieu du fairway, vous pouvez essayer d'optimiser votre sauvetage, afin, pourquoi pas, de réussir l'approche et de sauver le par.

La solution de la balle haute

Je me suis seulement égaré de quelques mètres ici, mais malheureusement je me retrouve juste derrière un petit bosquet (un scénario relativement fréquent sur un parcours). Je ne suis qu'à 75 mètres du drapeau, je ne peux contourner les arbres ni par la droite ni par la gauche et le coup est trop court pour hooker ou slicer la balle. Je n'ai aucune chance non plus de pouvoir puncher la balle et de pouvoir la faire passer ainsi sous les branches. Il ne me reste qu'une seule option, passer au-dessus des arbres.

Vous avez besoin tout d'abord du maximum d'ouverture sur votre club. J'utilise mon sand wedge ouvert à 56° qui va me permettre de passer juste au-dessus des arbres et de m'amener sur le green. À l'adresse, mettez le poids de votre corps sur votre pied gauche, laissez vos mains au niveau de la balle et placez-la juste un peu en avant du centre de votre stance. À la montée, faites décoller le club immédiatement et essayez de réaliser un swing plus vertical que d'habitude. Quasiment un swing complet. L'heure n'est pas aux demi-mesures. À la descente, frappez la balle aussi fort que si vous aviez un driver entre les mains. Vous verrez c'est assez amusant et ne vous inquiétez pas, vous ne dépasserez pas le trou de dix kilomètres, alors allez-y franchement et relâchez agressivement le club dans la balle. Si vous frappez la balle dans le sweetspot, vous ferez monter la balle quasiment à la verticale. Alors ne commettez pas l'erreur de mettre le poids de votre corps à droite pour aider la balle à décoller. Entraînez-vous tout de même un petit peu pour voir à quelle hauteur vous pouvez expédier la balle. Bien entendu, il faut que vous soyez certain de pouvoir éviter les arbres. C'est votre but ultime. Mais je crois que vous serez surpris de la hauteur et de la longueur de balle que vous pourrez obtenir grâce à cette technique.

Dans toute la gamme des coups dits spéciaux, celui-ci est très utile car il vous aidera non seulement dans une situation comme celle-ci, mais aussi si vous devez survoler un bunker et arrêter la balle très vite sur le green, si la position du drapeau est difficile.

Vous devez faire une montée verticale complète et « rentrer » agressivement dans la balle à la descente.

Si la balle est autant au-dessus de vos pieds, descendez les mains sur le shaft jusqu'à sa partie métallique.

La balle au-dessus des pieds

À première vue, le coup que je suis en train de jouer ici a l'air absolument irréalisable. Mais il est loin d'être aussi impossible qu'il en a l'air. La balle repose, il est vrai, à peu près à hauteur de mes genoux, mais si les buttes autour des bunkers sur votre parcours sont occupées par du rough, c'est le genre de situation que vous devez déjà avoir rencontré. Et même si vous vous retrouvez dans une situation un peu moins compliquée que celle-ci, si la balle est un peu plus basse, les principes que je vais vous expliquer pourront vous être très utiles.

Le secret de la réussite pour ce coup est de descendre les mains sur le shaft jusqu'à sa partie métallique, comme vous pouvez le voir sur la photo. Vous pouvez ainsi vous tenir presque normalement à l'adresse, sans avoir à adopter des positions ridicules. Visez franchement à droite parce qu'avec une pente comme celle-ci, vous pourriez presque faire passer la balle au-dessus de votre épaule gauche.

Pour ce qui est du swing proprement dit, évitez de trop bouger le haut du corps. C'est un mouvement essentiellement basé sur les mains et les poignets. Alors gardez une position bien stable jusqu'à la taille et swinguez le club d'arrière en avant avec les bras et les mains. Assénez quasiment un coup de poignet. C'est certainement la meilleure façon de vous décrire le mouvement parfait. De toute façon, c'est comme cela qu'on doit le ressentir. Comme je vous l'ai dit pour la préparation, la balle va certainement partir complètement à gauche, ce qui bien sûr ne constitue pas un problème majeur puisque vous vous êtes aligné complètement à droite.

Sur votre parcours, entraînez-vous avec quelques balles à hauteur du genou. Même si la pente n'est pas aussi sévère que celle à laquelle je suis confronté, pensez à baisser les mains sur le shaft et à produire ce swing avec les poignets, tout en gardant votre tête bien immobile.

Ces coups, outre le fait qu'ils apportent beaucoup à votre jeu, vous permettront d'exercer votre imagination, qui, quand il est question de petit jeu, constitue certainement votre atout numéro 1.

Swinguez avec les poignets.

Réduisez le travail du corps au minimum et encouragez une action conjointe des mains et des bras à l'impact.

Soyez ferme et laissez sortir la balle bien à gauche.

La balle au-dessous des pieds

Voici encore un coup vraiment difficile. La balle repose bien en-dessous du niveau de mon stance, à tel point qu'il m'est réellement difficile de l'atteindre. Une situation d'autant plus critique que je mesure plus de 1,90 m. Tout comme pour les coups précédents, vous rencontrerez plutôt ces situations autour des bunkers, où les pentes très prononcées sont légion ainsi que sur les parcours de style américain, où les bosses et pentes abruptes font partie intégrante de la défense des greens.

Si le coup que je dois jouer ici est déjà difficile, les principes que je vais vous expliquer sont tout aussi efficaces sur des pentes encore plus prononcées que celle-ci.

À chaque fois que vous êtes dans une situation où la balle est plus basse que vos pieds, pensez à prendre un club plus ouvert. Dans cette situation, vous pouvez prendre votre club le plus ouvert, un sand wedge à 60° si vous en possédez un dans votre sac. Si ce n'est pas le cas, je vous conseille vraiment d'en acheter un. Je ne pourrais personnellement pas m'en passer, je l'utilise trop souvent. Dès qu'il aura intégré votre propre sac, je suis certain que vous penserez la même chose que moi.

Ici, votre position à l'adresse se résume à batailler pour garder le plus d'équilibre possible, tout en conservant un certain confort. Appuyez-vous lourdement sur votre jambe gauche et fléchissez le genou droit au maximum. Gardez votre colonne vertébrale assez droite pour vous basculer vers l'avant. C'est probablement ce que vous pouvez faire de mieux. Maintenant, vous reposez sur des bases solides et vous allez pouvoir swinguer. À la montée, vous devez penser à vraiment garder votre tête et votre buste au même niveau car la tendance naturelle à la montée, dans une situation comme celle-ci, est de laisser le haut du corps remonter avec le club. Il faut éviter cela absolument ! Car si vous relevez le haut de votre corps, vous allez toper la balle, qui traversera le green comme une fusée.

Donc si vous restez fléchi et que vous ne changez absolument rien à la répartition du poids du corps pendant le mouvement, vous allez obtenir un bon contact avec la balle et générer ainsi la hauteur et la distance nécessaires pour faire retomber la balle sur le green. Il est probable que la balle roule un petit peu, alors prévoyez un peu d'espace sur le green en conséquence. Et si vous réussissez à envoyer la balle à moins de trois mètres du trou, vous aurez réussi un très beau sauvetage, ce qui devrait vous encourager encore plus.

UNE APPROCHE PROFESSIONNELLE DU JEU

« N'importe quel professionnel vous dira qu'il existe une différence fondamentale entre frapper la balle parfaitement au practice et ramener une bonne carte du parcours. C'est très bien de posséder un swing fluide et une frappe de balle tranchante quand on a un seau de balles à côté de soi, mais le vrai juge, c'est le score. »

SUR LE PARCOURS, CERTAINS GOLFEURS savent mieux exploiter leurs qualités que d'autres. Vous connaissez certainement des joueurs dans votre club, pour qui c'est exactement la même chose. Si on devait établir le profil type de ces joueurs, on pourrait dire qu'ils swinguent correctement et qu'ils sont assez réguliers dans leur frappe. Mais il leur manque quelque chose. Ils sont incapables de reproduire ce qu'ils savent faire sur le parcours dès qu'ils ont une carte de score dans leur poche.

De la même façon, il existe des golfeurs dont le swing peut vous paraître quelconque, mais qui eux, savent ramener une bonne carte du parcours. Ils ont juste ce petit truc qui les aide à scorer. Ce petit truc est assez difficile à discerner, mais c'est une situation que vous retrouverez dans tous les clubs.

Et c'est vrai à n'importe quel niveau du jeu y compris sur le circuit professionnel. Si vous assistiez à un grand tournoi professionnel, où que ce soit dans le monde, et que vous vous arrêtiez quelques instants au practice, vous verriez tout un tas de joueurs frapper la balle à la perfection. Il y a apparemment très peu de différence entre eux. Mais si à la fin de la journée vous observez le tableau des scores, là, vous verrez de grosses différences. Un écart parfois de plus de 15 coups entre le premier et le dernier.

Il existe bien sûr de nombreuses raisons possibles à cela, beaucoup dues au petit jeu, d'autres tout simplement au talent. Je vais vous révéler quelques petits secrets de professionnel qui vous aideront à vous rapprocher de vos objectifs. Et cela s'applique à tous les joueurs, qu'ils tentent de casser la barre des 100, des 90, 80 ou du 70 magique.

Trouvez votre zone d'approche idéale

C'est certainement une des stratégies les plus efficaces du golf. C'est également une des plus simples et des moins utilisées. Ce serait déjà très satisfaisant si seulement 5 % des golfeurs adoptaient cette stratégie. Elle repose sur la découverte de votre distance d'approche préférée. Vous avez certainement déjà une idée sur la question, mais trop vague pour que vous puissiez modifier votre progression sur votre parcours en fonction de ce facteur.

Trouvez-vous un emplacement tranquille sur le parcours pendant une partie d'entraînement et jouez une demi-douzaine de balles de distances allant de 60 à 90 mètres. Vous pouvez d'ailleurs parfaitement faire cet exercice au practice si vous le préférez. Gardez deux wedges à portée de main et jouez-les alternativement. En moins de quinze minutes, vous devriez avoir une idée plus précise de votre distance préférée. Et en moins d'une demi-heure, vous en serez sûr.

Faites l'effort de découvrir votre distance d'approche préférée...

Une fois que votre décision sera prise, passez une vingtaine de minutes à ne jouer que ce coup et prenez ainsi confiance en vous.

Sur le parcours, ensuite, construisez votre jeu autour de ce coup, de façon à le jouer le plus possible. Vous pouvez même imaginer le parcours dans votre tête en vous y rendant. Sur les petits par 4, jouez au départ un club qui vous permettra de vous retrouver dans votre position favorite à l'approche. De là, vous vous sentirez en confiance pour attaquer et le drapeau et le birdie. Sur le par 5, que vous ne pouvez pas atteindre en deux, essayez de jouer votre deuxième coup à la hauteur de votre zone d'approche favorite. Cette tactique vous rendra non seulement le coup suivant plus facile, mais elle vous incitera aussi à ne pas forcer votre deuxième coup. Cela affûte votre concentration et par conséquent votre contrôle sur la balle. C'est ce qu'on appelle jouer avec ses forces. Les professionnels le font à chaque fois. Vous devriez en faire de même.

... parce qu'une fois que vous en serez conscient, votre confiance rendra votre swing beaucoup plus positif.

Apprenez à limiter les dégâts

Dans ce livre, je vous ai montré comment jouer des coups assez spéciaux, mais faites attention au revers de la médaille. Il faut parfois savoir limiter les dégâts. C'est-à-dire, dans ce cas, savoir éviter de transformer une situation délicate en une catastrophe. Plusieurs facteurs vous aideront à déterminer si vous êtes doué ou non pour gérer ce genre de situation.

Premièrement, sachez juger vos capacités réelles de façon honnête. À chaque fois que vous êtes en position délicate, posez-vous quelques questions. Quelles sont vos chances de réussir le coup ? 50/50 ? Moins encore ? Il n'y a que vous qui puissiez le dire, mais je dirais que si vos chances de réussite sont inférieures à 75 %, choisissez une option plus réaliste.

Évaluez ainsi les risques. En d'autres termes, qu'avez-vous à gagner et qu'avez-vous à perdre ? Si par exemple un sauvetage peut vous faire gagner un point pour le par s'il est réussi, mais vous en coûter trois s'il est raté, je pense qu'il vaudrait mieux ne pas le tenter. Il serait probablement meilleur de chiper sur le côté ou de prendre un point de pénalité.

Certaines décisions prises sur le parcours sont au moins aussi importantes que votre propre swing. Je pense que pour chaque coup délicat, la priorité est de ramener la balle en jeu. Cela ne vous coûte qu'un point, plutôt que de tenter des sauvetages impossibles qui vous coûteront beaucoup plus. Ça ne veut pas dire qu'il ne faut pas prendre de risque. Je ne vous montrerais pas tous les coups de sauvetage si je ne le pensais pas. Mais soyez honnête avec vous-même, soyez totalement réaliste et pas trop optimiste.

Dernière règle d'or : ne tentez jamais en compétition un coup que vous n'avez pas testé au practice. La médaille mensuelle n'est certainement pas l'occasion de se jeter dans l'inconnu.

Si vous êtes dans une situation critique, ne vous précipitez pas, reculez-vous, comptez jusqu'à dix et réfléchissez encore.

Réfléchissez avant de vous entraîner

Si vous êtes comme la plupart des golfeurs, vous préférez sûrement jouer quelques coups que vous entraîner. Malgré tout, si vous saviez comment vous entraîner, je suis sûr que vous changeriez d'avis très vite. Si vous savez comment le gérer, l'entraînement peut s'avérer très amusant et surtout très bénéfique pour votre golf.

La clé essentielle d'une bonne séance de practice est de connaître son objectif. N'arrivez pas tranquillement en prenant un club au hasard dans votre sac et en frappant des balles dans tous les sens sans but précis. Cela ne vous amènera à rien de bon parce que vous ne serez pas conscient de ce que vous ferez. Alors commencez par réfléchir. Il n'y a pas de mauvais moments pour vérifier vos fondamentaux et le practice autant que le green d'approche sont des lieux tout indiqués pour cela. Vérifiez votre grip, posez des clubs au sol pour vérifier votre alignement et assurez-vous que votre posture est aussi bonne que possible. Ce sont les choses sur lesquelles vous devez vous appuyer pendant une partie et plus vous les travaillerez, plus vite elles deviendront une sorte de seconde nature.

Si vous vous exercez au petit jeu, comme je le fais ici (voir ci-dessous), ayez tous vos clubs et beaucoup de balles à vos côtés. Variez les cibles et les clubs que vous utilisez. C'est le moment d'apprendre quel est le meilleur club pour telle ou telle situation. Vous verrez la vitesse avec laquelle vous imaginerez les trajectoires, et que vous acquiérerez du toucher sur toute la gamme des coups que vous pouvez jouer autour du green.

Donc de temps en temps, plutôt que d'aller jouer quelques trous avec un ami, faites-vous une séance de practice à deux. Faites une compétition l'un contre l'autre (les possibilités au petit jeu sont infinies). Faites des paris. Rendez les exercices ludiques et variés avec un enjeu. En une heure, vous apprendrez probablement beaucoup plus en faisant comme ceci qu'en deux heures sur le parcours.

Développez votre imagination avec des coups fantaisistes

En général, c'est en prenant du plaisir qu'on apprend le mieux. Le golf ne fait pas exception à la règle. C'est pourquoi, de temps en temps, je vous recommande de tenter des expériences avec des coups absolument fous. Premièrement, ces coups égayeront votre séance de practice, mais ils vous permettront aussi de visualiser les limites du possible quant au comportement d'une balle de golf. Ces coups vous pousseront également à inventer des situations et à faire marcher votre imagination et ceci est un atout pour le petit jeu de n'importe quel golfeur.

Vous voyez, ici, j'ai posé la balle sur une pente très verticale et je swingue avec la pente. Phil Mickelson est capable de faire passer la balle au-dessus de sa tête en direction du drapeau, un exploit qui, il faut bien l'avouer, requiert des doigts de fée. Sur cet exemple, j'ai littéralement propulsé la balle en l'air comme une fusée. Vous ne tenterez évidemment pas un tel coup dans un tournoi. Mais que cela ne vous empêche pas de vous amuser avec des coups comme celui-ci. Vous aurez plus conscience du rôle des mains et de la tête de club dans le swing. Et c'est encore plus amusant si vous pouvez faire une petite compétition avec des amis. Essayez d'inventer des coups vous-même et en considérant les résultats, vous trouverez certainement des coups auxquels vous n'aviez jamais pensé et que vous pourriez alors éventuellement utiliser plus tard sur le parcours.

S'entraîner à ce genre de coups peut être vraiment amusant, que vous soyez seul ou avec quelques amis. Cet entraînement vous apporte aussi des éléments techniques qui peuvent contribuer à améliorer réellement votre petit jeu.

Partez seul sur le parcours

C'est une idée qui n'est pas révolutionnaire en soi, mais je pense que c'est un moyen extraordinaire d'affûter son petit jeu si la solitude sur le parcours ne vous dérange pas. Jouez un drive sur chaque trou et quand vous êtes à 90 mètres ou moins du drapeau, laissez tomber une deuxième balle à côté de la vôtre. Et maintenant, jouez deux types de coups avec deux clubs différents.

Variez les coups autant que possible et n'utilisez jamais le même club deux fois de suite sur le même trou. Variez les trajectoires, jouez une balle sur le green et une autre courte du green, essayez de faire une balle avec du backspin et une autre sans. Tentez des expériences tout le temps.

Continuez ainsi pendant tout votre parcours, que vous ayez choisi de jouer 6, 9 ou 18 trous. C'est une excellente manière d'affûter votre petit jeu. Plus vous serez créatif à l'entraînement, plus vous serez efficace sur le parcours. Et c'est vrai pour tous les compartiments du petit jeu dont je vous ai parlé dans ce livre.

Jouez deux balles du même endroit et variez vos coups le plus possible.

« La seule et unique façon de baisser vos scores rapidement sur votre parcours est d'améliorer votre petit jeu. Bien sûr, vous avez entendu ces paroles des dizaines de fois, mais c'est vraiment la seule façon d'y parvenir. À travers les pages de ce livre, je vous ai transmis tout le savoir-faire dont vous avez besoin pour améliorer votre petit jeu. Maintenant c'est à vous de jouer. Avec un entraînement régulier vous baisserez votre handicap. Et même si ce n'est qu'une heure par semaine, vous remarquerez une différence encore plus importante que vous n'aviez pu l'imaginer. Faites de votre prochaine séance de practice une séance de petit jeu, vous ne le regretterez pas. »